麗わしき屋敷を訪ね
琴の音にうき世の情け
われ夢見たり
禅師）
JN077929
白月抄
奥傳夢千鳥
下
新刻改訂版
写真・文／編集部

宗次は高貴な香りに満ちた麗わしい佇まいの屋敷の角を折れると、歩みをそっと休め腰の刀に手を触れた。

「誰かが……いる」

呟いて彼は、突き当たりの森に五感を集中させた。

落ち着いた石畳道の右手は美しい気品ただよう白壁の塀。圧倒的な静寂。

宗次は足音を忍ばせ進んだ。刀の柄に触れた掌に汗が滲み出していた……。

果たして待ち構えるのは？

新刻改訂版

奥傳(おくでん) 夢千鳥(ゆめちどり)(下)

浮世絵宗次日月抄

門田泰明

祥伝社文庫

二十四

冬が描き表わした半東竜之介の顔は、勝村勇之助と余りにも似ていた。またしても〝そっくり〟の出現であった。

（こいつあ、いよいよ勝村勇之助と濃く血のつながった奴が実在するに相違ねえな……が、あの母親思いの勇之助に迸がゆかねえように慎重に動かなきゃあなんねえ……難しくなってきやがったい）

宗次はそう思って、迂闊にも小さな吐息を漏らしてしまった。勝村勇之助の、母親に対する愛情の大きさを慮っての微かな吐息だった。

だが、宗次の身そばに寄って両手を膝の上に置き正座をしていた冬は、その吐息を見逃しはしなかった。

「あのう、宗次様……」と、不安気にそっと声を掛けた冬は、体をやや前に傾けた。

「いや、実にしっかりと描けているので、いささか驚いてしまったい。この面相から察するに、どうやら特徴を逃すことなく捉(とら)えているようでござんすね」

「はい。自信がございます」

「町中(まちなか)でこの似顔絵にそっくりな奴を見かけた時のために訊(き)いておきやすが、半東竜之介には兄か弟がおりやすかえ」

「竜之介に瓜二つで二つ年下の弟が、ひとりいたと聞いております」

「聞いて……といいやすと?」

「私(わたくし)が岸内四六助(きしうちしろすけ)に嫁(とつ)ぐ前の事ゆえ詳しくは判りませんが、なんでも弟の方は素行(そこう)がよくなく、半東家から勘当(かんどう)されて長く行方(ゆくえ)が定かでないとか……亡くなった夫から、そう聞かされた事がございました」

「で、その弟の名ってのは?」

「確か……雄之助(ゆうのすけ)ではなかったかと……ええ、雄之助で間違いないと思います」

　と、宙に文字を書いてみせる冬だった。

「半東雄之助か……剣術は兄竜之介のように強いんでしょうかねい」

「さあ、私(わたくし)にはそこまでは……」

「竜之介、雄之助の両親は現在、どうしておりやすので」

「私が四六助に嫁いだ年に、両親とも相次いで病で亡くなっております。これは、はっきりと致しております」

「そうですかえ」

頷いた宗次は、（さあ困った……）と思案に陥った。

手習塾を営む勝村勇之助には現に母親がいるのだ。宗次は自分の目で確かめている。

しかも母子の仲は宗次が羨む程に円満である。

という事は、尾張柳生新陰流の手練であるという半東竜之介も、竜之介に瓜二つという弟雄之助も、「全くもって勝村勇之助ではない」という道理が成り立つ。その逆の道理も、また然りだ。

たまたま〝そっくり〟な勝村勇之助にとっては、大迷惑この上ない。

「お冬さん、この似顔絵、しばらく私が預かっておいてよござんすか」

「はい、宜しくお願い致します」

「ところでお冬さん。どうしても王子飛鳥山下の東晃寺へお参りしたい、という強い思いの理由(わけ)についてまだ聞かせて貰っちゃあいやせんが」

と言いながら宗次は、似顔絵を四つに折り畳んで懐(ふところ)にしまった。

冬が答えた。

「王子飛鳥山下の東晃寺は、尾張伝馬橋(てんまはし)東に在(あ)ります天淋宗(てんりんしゅう)総本山東晃寺の末寺の一つに当たります。尾張東晃寺には岸内家先祖代々の古い小さな墓もございますことから、夫四六助との婚儀は尾張東晃寺庫裏(くり)の広間をお借り致しまして、御住職もお立ち会い下さり質素にとり行なわれました」

「なるほど、そうでございやしたか」

「しかも江戸の東晃寺御住職は、尾張東晃寺御住職の実の弟様に当たりますことから、この江戸での今後について色色と相談に乗って戴こうと思いつきまして」

「よく判りやした。じゃあ、出来るだけ早い内に王子を訪ねることに致しやしようかい」

「いいえ……」

「ん?」

「もう宜しいのでございます。心までは決して汚していないとは申せ、夫しか知らなかったこの身を自らの意思で汚してしまった私には、もう尾張にしろ江戸にしろ東晃寺にお参りする資格などはございません。あとは半東竜之介をこの手で討つのみ……」

「それで御自身が納得できるなら、ま、それもよござんしょ。そのかわり半東竜之介の野郎はこの私が必ず見つけ出しやしょう。待っていておくんない」

「心強く思います。本当に有り難う存じます」

「一刻も早く半東竜之介を討ち倒し、尾張でお冬さんの身を案じておられるでありやしょう岸内四六助様の御両親を安心させておやりなせえ」

「夫四六助の老いた両親は、すでにこの世の人ではありません。斬殺された四六助を弔った次の日の夜、近くの庄内川へ二人揃って身を投じましてございます」

「なんてえこった……そうでしたかえ。四六助様と親しかった本澤得次郎様とその御母堂の無念を考えても、こいつあいよいよ半東竜之介を捨てちゃあおけねえ」

「半東竜之介を見つけることは、出来ましょうか」

「この江戸の尾張藩邸に詰めておられた本澤得次郎様は、半東竜之介を見かけなすった訳でござんすが、何処其処(どこそこ)辺りで見かけたという詳しい連絡は齎(もたら)されなかったので?」

「はい。この江戸で見かけた……というだけで」

「さいですかえ。この江戸はとにかく人が犇(ひし)めき合っておりやすし広うござんす。が、めげている場合じゃあねえ。お冬さんはとにかく、先(ま)ずしっかりと体力を取り戻すことだ。それから今日只今(こんにちただいま)より、この宗次に黙って自分の身を傷(いた)めるような馬鹿な事をしちゃあならねえ。宜しいな」

「……………」

「宜しいなっ」と、宗次の目つきが厳しくなる。

「は、はい」

「約束すると言って下せえ。はっきりと」

「お約束致します。も、申し訳ございません」

畳の上に両手をついて頭を下げた冬の目から、大粒の涙が一つぽとりとこぼれ落ちた。

「討ち果たそうとする相手は、尾張柳生新陰流の実力者でござんす。この野郎が見つかる迄の間、お冬さんは体力気力を充実させ且つ、神気を研ぎ澄ましておかなきゃあならねえ。生半可な気構えじゃあ決して討てる相手じゃねえということを、自分に強く言い聞かせておきなせえ」

「はい。神気を緩ませる事のないように努めます」

「ところで……」

と、ここで宗次は優しく目を細め、表情を緩めた。

「ちょいとばかし立ち入った事をお冬さんにお訊きしたいのだが、よござんすか」

「どのような事でございましょうか。宗次様に隠している事は、もうございませぬけれど」

「いやなに、答えたくなきゃあ、答えなくったっていい程度の事なんですがねい」

「はあ……」と、冬の両の目に小さな不安が走ったのを、見逃す筈がない宗次であった。

　宗次はやわらかな表情と口調で切り出した。

「お冬さんは今朝、眠っている私(あっし)が気付かぬ内に起きて表口の腰高障子を開け、外に出られやしたね」

「はい。よくお眠りでいらっしゃいましたから、足を忍ばせてそっと……」

「この江戸を襲った明暦(めいれき)の大火ってえのは、お冬さん存じてやしょうねい」

「はい。それはもう……」

「八軒長屋ってえ言われているこの貧乏長屋は、その大火をも潜り抜けてきた古い長屋なんでござんすよ。なもんで、あちらこちらガタがきている。ちょいと強い風が吹けば柱は悲鳴をあげやがるし、床板(ゆかいた)なんぞは軽く足をのせただけで当たり前のようにピキパキと軋(きし)みやしてね」

「……」

「が、今朝お冬さんが目覚めて外へ出なすった時、床板はひと軋みも音を立てやせんでした。そうでござんしょ。長くこの貧乏長屋に住んでいる私(あっし)ですからね。熟睡していても判るんでさあ。床板が軋んだか軋まなかったかくれえは」

「ですから私、宗次様が目を覚まさぬようにと気を付けて……」

「気を付けたってお冬さん、このボロ家の床板は軋むんでさあ。床板を踏むか踏まねえ一瞬の内に旋風の如く駆け抜けりゃあ、いや、滑り抜けりゃあ十のうち四、五回は軋まねえかも知れねえが……」

「……………」

「が、まあ、それが出来るのは鍛えに鍛え抜かれた伊賀や甲賀の忍びくれえの者でござんしょう」

冬の片方の眉が微かにだがピクリと動いた。

しかし宗次は、やわらかな表情を改めることなく、気付かぬ振りを装った。

「なあ、お冬さん。差し支えなきゃあ教えて下せえ。岸内四六助様に嫁ぐ以前のご自身について……決して無理にとは言いやせんが、出来れば知りたいのでござんすよ、この浮世絵師宗次は」

「私の両親、そして両親の里についてでございましょうか」

「へい」

「両親の里は共に尾張でございます。母与子は最初の子である私を生んだ翌年に亡くなっております。かなりの難産であったと父親から告げられたのは、八、九歳の頃であったと記憶しておりますが」

「じゃあずっと男手で育てられたんですかい」

「はい。父の名は津井呉作。無口で気弱な優しい性格で、尾張藩の庭内普請改方三十俵二人扶持に就いている軽輩者でございます」

「庭内普請改方と言いやすと？」

「庭仕事……お城の庭を綺麗に整える」

「あ、植木の剪定とか雑草の抜き取り、それに石垣の清掃……」

「は、はい。そうだと父から聞かされております」

「そうですかえ……父上様はお元気ですねい」

「だと思いますけれども……何故だか城中での宿直が多い事もあり、もう随分と会うてはおりませぬが」

「庭内普請改方というのは、それほど宿直が多いので？」

「は、はい」

「ふうん……」

「……」

「ま、いずれにしろ尾張を離れたわが娘のことを、父上様はきっと心配なさっていやしょう。父上様はお幾つになりなさるので？」

「今年で確か、五十に手が届きます」

宗次は黙って頷き、（これ以上は訊くまい……）と思った。片方の眉をピクリと震わせた時の冬の表情が、まだ脳裏に残っていた。

「よく話して下さいやしたね。お冬さんてえ人が一層のこと判って、嬉しゅうござんすよ。さてと、こうしちゃあいられねえんだ。私は半東竜之介を求めて、人出で賑わいそうな所を少し見回ってきましょうかえ」

「宗次様、では私も参ります」

冬が縋るような目を宗次に向けて訴えた時、彼女の後方で表口の腰高障子が敷居の上を躓きもせず、静かにゆっくりと滑り出した。

表口のその物静かな開け方を見ただけで、宗次には誰の訪れかが判った。

宗次の視線の方向に気付いて、冬が正座の膝を微塵も崩すことなく振り向く。

高級料理茶屋「夢座敷(ゆめざしき)」の女将(おかみこう)幸が、薄紅色の花びらが舞い込むようにふわりと土間に現われて冬と顔を合わせ「あら……」という表情になった。胸に抱き込むかたちで紫の風呂敷包みを持っているが、「夢座敷」の板場で作らせた朝餉(あさげ)の弁当なのであろうか。

みすぼらしい身形(みなり)の冬ははじめての出会いである幸の余りの美しさに思わず呼吸(いき)を止め、半ば茫然(ぼうぜん)の態(てい)であった。まばたきさえも忘れている。

「お前様。一度戻りましょう。もう少し後で参ります」

その透(す)き通った、えもいわれぬ声の清らかさに、冬は目がくらむような気がして体を硬くした。

「構わねえよ。入りねえ。朝餉なら、もうチヨさんの世話になったい」

「あい。頃合から察して、そうだろうとは思うておりました。今お持ち致しましたのは、お前様とお昼に戴くお弁当にどうかと……」

幸はそう言うと紫の風呂敷包みを上がり框(かまち)に置き、冬に黙ってしかし丁寧に腰を折ってから竈(かまど)の前に立った。

茶でもいれる積もりなのであろう。その立ち居振る舞いの気品に満ちた無駄の無さに、冬は振り向いた姿勢を身じろぎもせず、ただただ見とれた。

（まるで……天女(てんにょ)……）と、冬は胸の内で呟いた。驚きが容易に消えない。

「何処(どこ)かへ出かける積もりでやって来たのかえ、お幸」

「あい。先ず柴野南州(しばのなんしゅう)先生をお訪ねして、何かと御世話になっております事への御礼を申し上げ、そのあと久し振りに浅草寺(せんそうじ)さんへお参りが出来ればと考えておりました」

「いけねえ。そういえば柴野南州先生へは、まだ薬礼(やくれい)を払っていなかったい」

呟き声で言いながら、負傷した顎(あご)の先に軽く手を触れる宗次であった。

その呟き声を聞き逃さなかった幸が、水甕(みずがめ)の水を杓子(しゃくし)で鉄瓶(てつびん)に移す手を休めて宗次を見た。

「薬礼なら、すでに済ませてございます」

「お、そうかえ。すまねえな。あとで返すから」

「あの次の日に柴野診療所まで梅若(うめわか)に届けさせましたの。今朝は痛みの方はいかがでございますか」

幸は宗次に背を向けると、また鉄瓶に水を注ぎ足し始めた。

「痛みの方は大丈夫だい。それよりもお幸、申し訳ねえが今日の浮世絵師宗次は少しばかり忙しくてよ、柴野先生ん家も浅草寺さんへも行けそうにねえんだ。勘弁してくんねえ」

「判りました、お前様。では日を改めましょうね」

「それからよ、一つ頼みがある。ちょいと、こっちへ来てくんねえ」

「あい……」

頷いた幸は水を満たした鉄瓶を、チロチロと赤い舌を立て始めた小さい方の竈にのせた。

台所には空の飯炊き釜をのせた大きい竈と、煮炊きもの用の小さい竈の二つが並んでいる。

冬の前に移って、宗次の横に座った時の幸の呼吸・気配りは実に鮮やかで自然なものであった。宗次にべったりと寄り添わず、かと申して冬に遠慮して間を空け過ぎるでもなかった。

拳にして凡そ二つ。それが宗次の隣に座った、幸が取った隔たりだった。

憎いばかりの拳二つほどの隔たり。

それを見た冬は「うーん……」となり、（この御二人は……）と全てを悟らされた。と同時に冬は、自分の胸の内を物悲しいひと吹きの淡い風が通り抜けたように感じた。

「幸よ。こちらは岸内冬殿と申される武家のご妻女でな、ちと深刻な事情あってここ数日、この長屋の女房たちの世話になっておられるんだい」

宗次にサラリとした口調で紹介された冬は、「岸内冬と申しまする」と三つ指をついて挨拶をしたが、顔は幸に向けたまま視線をはずさなかった。

いや、はずせなかった――見とれていた、と言い改めるべきであろうか。とにかくみすぼらしい身形の冬の顔はまるで意中の人にでも出会うたかのように上気していた。

幸が綺麗に挨拶を返した。

「料理茶屋『夢座敷』の女将を致しておりまする幸と申しまする。何ぞご事情をお抱えの由。この長屋は安心のできる所でございまするゆえ、遠慮のうお心をお休めなされませ」

「ありがとう存じます」と、冬の頬がますます朱色を深める。

「ところで……」と、ここで宗次が言葉を挟んだ。

「すまねえがな幸。何処ぞでお冬さんに似合う着物を調えてやってくんない。長旅で汚れた今のままじゃあいけねえんで、武家の妻女らしい、きりりとした地味な印象の着物がいいだろうぜい」

「あい。承知いたしました。それではお冬さんと日本橋辺りを歩いてみましょう」

「いいえ、それでは余りに……」と言いかけた冬に向かって、宗次は「止しなせえ。何もかも幸に任せておくんない」と、軽く右手を前に出した。

「本当に申し訳ございません。ご負担ばかりお掛け致します。どうか、お許し下さいませ」と力なく肩を落とす冬であった。

「お冬様。今日は天気も宜しいから日本橋通りの色々なお店を二人でゆっくりと見て参りましょう。そのあと青物市場を抜けて日本橋川に架かった橋を渡り……あ、この橋（日本橋）の上から眺める晴れた日の富士のお山はそれはそれは美しいのですよ。お冬様は、もう御覧になりまして？」

「いいえ、まだ……」

と、幸に二重（ふたえ）の切れ長な涼しい目で見つめられ話しかけられて、今にも息が止まりそうになるどうしようもない冬だった。

「ちょうど御弁当の用意もございますから、浅草寺さんとか湯島天神様（ゆしまてんじん）などへも足を向けてみましょう。構いませぬよね、お前様」

幸は冬から宗次へ視線を静かに移して相槌（あいづち）を求めた。

冬は、その幸の余りにも美しく整った横顔にも見とれて、胸を小さく震わせた。

江戸の男どもが……侍、僧侶、町人を問わぬ江戸の男どもが、道端（みちばた）でふわりと擦（す）れ違っただけで目眩（めまい）を覚える程の幸の美貌である。

初対面の冬が、天から舞い下りた神女（しんにょ）かと見紛（みまご）うて胸うち震わせるのも無理からぬ事であった。

宗次が答えた。

「浅草寺さんへ寄っても、湯島天神へお参りしても一向に構わねえが、一つ注意して貰いてえ事があるんだ、お幸」

れたんでい」
「うむ。実を言うとな、このお冬さんは仇討ち目的で故郷から江戸へ出て来ら

「まあ……」と、幸の視線が宗次から冬へと戻った。これ迄に幾度となく宗次と共に身に及ぶ危険を掻い潜ってきた幸である。「仇討ち」という宗次の言葉に怯えるなどはなかったが、それでも表情を曇らせた。

宗次が懐から、冬が描いた半東竜之介の似顔絵を取り出した。

「見ねえ。その仇ってえのが半東竜之介とか言う、この野郎だ。そいつは今、この大江戸の何処かに間違えなく潜んでいやがる。だからよ、浅草寺さんでばったり出会うかも知れねえし、湯島天神の境内で見かけたりするかも知れねえ。注意して貰いてえのは、その時だい」

「あい、お前様。お冬様の身の安全を先ず第一と致しまするゆえ……」

「うん。そうしてくんねえ。半東竜之介は柳生新陰流の大変な剣客らしいから、余程に用心しなくちゃあなんねえ」

「心得ております、お前様。ご心配ありませぬように」

「注意を?……」

「有難えことに、とにかくこの大江戸にゃあ、料理茶屋『夢座敷』を心から大切に思って下さっている客人が大勢いる。浅草界隈で言やあ香具師の元締新紋丁子親分だ。女親分ながら人品骨柄いやしからねえお人でこれは頼りになる。しかも東海道の先の先までその名を知られた品川は大崎一家の大親分文助の実の妹ときていなさる。万が一の場合は構わねえから、丁子親分に救いを求めて駈け込みねえ。お礼の挨拶は、何かと両親分に縁のあるこの宗次が後ほど絵筆を手にして、きちんと済ませっからよ」

「あい、そう致します」

「湯島天神辺りで『夢座敷』の客人となると……誰を一番に頭に入れておいてよいのかねい、お幸」

「番方御小姓組の組頭で五百石の村瀬豊後守高行様のお旗本屋敷が神社近くにございますけれど」

「おう、あの方なら安心でい。剣を取っては鹿島新當流の達者として知られた御方だ。お人柄についての評判も大層良いようだしなあ」

「剣術のみならず、朱子学や和歌、茶道などにも造詣が深いようでございます」

「そうとも聞いているよ。湯島天神近くで何かありゃあ、お幸。思い切って豊後守様のお屋敷の門を叩きねえ。この宗次とはまだ絵仕事でのお付き合いはねえが、そのうちお幸が間に立ってくれてよ、然り気ないかたちで殿様を紹介してくんねえ」

「承りました。近いうちに『夢座敷』での機会をおつくり致します」

「そいじゃあ今日一日は、お冬さんのことを任せたぜい。この宗次の帰宅は遅くなるだろうからよ、今夜は場合によっちゃあ『夢座敷』のお幸の部屋で女同士あれこれ話し合っちゃあくれめえかい。あれこれとよ」

「ええ、その方がお宜しいかと思います。私の離れ座敷なら今夜と言わず幾日滞在して下さっても差し支えありませぬから」

「そうかえ。そう言って貰えると、こちらとしてもひと安心だ。じゃあ、先ずは春日町の平造親分を訪ねてくるとしよう」

「行ってらっしゃいまし。お気を付けなされて……」

「うん」

宗次は冬と目を合わせてから半東竜之介の似顔絵を懐に戻して立ち上がった。

「お冬さん。幸は何の心配もいらねえ人間だから、安心して甘えなせえ。少しくれえの無理なら言ったたっていいんだぜ」

そう言い残して、宗次はボロ家を後にした。

二十五

岸内冬を幸に預けて八軒長屋口を出た宗次は、極めて厳しい顔つきになっていた。

（室邦屋に押し込みやがったのは、おそらく浪人生活でカネに困った半東竜之介とその一味と考えてよさそうだが、その一味に竜之介の弟雄之助が加わっていやがるのかどうか……半東家を勘当されて長く行方が定かじゃねえとかの雄之助だが、なあに兄弟ってえのは親の知らねえ内に案外と連絡を取り合っているもんだ……）

あれこれ考えながら宗次の足は、浅草は東仲町を目指して急いだ。幸に「……先ずは春日町の平造親分を訪ねてくる……」と告げておきながらだ。

半東竜之介を仇とする冬が、脇差どころか懐剣一本所持していないことに、宗次は気付いていた。古里尾張を出た頃は所持していたであろう僅かな路銀を旅で使い果たし、旅の途中で売り払ったとも考えられるのだが……。

それについて宗次は、敢えて冬には訊ねなかった。なにしろ身を躡ぎ躡ぎようやく江戸へ辿り着いたに相違ないらしいからだ。

が、宗次はどうしても冬について一つ気になっていた。たとえ眠ってはいても身近で生じた「気配」「足音」などを捉え逃すような自分ではない、と確信しているにもかかわらず、冬は今朝〝見事に〟そよ風の如く音一つ立てず外に出ていたのだ。

「ありゃあ……只の武家の妻女じゃあねえ……仇討ちで江戸へ来たというのは、どうやら信じられるが」

呟いて、浅草へとなお足を急がせる宗次であった。朝の空はちぎれ雲一つない快晴。にもかかわらず宗次の表情は険しかった。

　宗次にとって江戸城の東北に位置する浅草界隈までなど勝手知ったる〝我が道〟であった。鎌倉河岸先の竜閑橋を渡って城を背に直ぐ東へ折れ、今川堀沿いに小傳馬町、亀井町を抜けて江戸城三十六門の一つ浅草御門に至る道は、幸と幾度となく散策してきた道だ。

　いつもなら今川堀に沿って並ぶ町人長屋から「あら、宗次先生どちらまで？」とか「ちょいと寄って白湯でも飲んできなさいな」と大年増の女房たちから声が掛かるところであったが、今朝の宗次の足はもう小駈けであった。

　井戸端でしゃべくる女房たちが宗次だと気付く間もない。

　枡形構えの浅草御門の前に立って、宗次はようやく足を止め、「ふうっ」とひと息ついて青く澄みわたった空を仰いだ。

　大外濠川（神田川）が大川（隅田川）と交わる手前の大外濠川に架けられているこの浅草御門は別名「浅草門橋」「浅草橋」とも呼ばれ、幕府が大外濠川を切り開いた直後の元和二年（一六一六）に設けられた。

　しかし、陸奥、出羽、常陸方面への街道口防衛を目的として、がっしりとした枡形構えの御門に改められたのは、寛永十三年（一六三六）の事と宗次は承知している。今から四十数年前の工事だ。

戦時防衛を目的としたこの浅草御門が、明暦三年（一六五七）一月十八日の大火（明暦の大火・振袖火事とも）のとき当時の頭のかたい門衛が門扉を開放せずに閉鎖し続けたため、救いを求めて西へ東へと逃げ回る民に大勢の焼死者を出してしまった。

僅かに二十二、三年前の大惨事である。

「あ、宗次先生ではありませぬか」

浅草御門を警衛していた若侍の一人が宗次に気付き、手にしていた六尺棒をそばの同僚に預けて微笑みながら足早に宗次に近付いた。

年齢は二十前後といったところであろうか。

「おや、これは真渕圭太郎殿ではありやせんか。今日はご当番でしたかえ」

「はい、今日から三日間、御門の警務に就きます。お顔を拝見するのは久し振りでありますが、お変わりございませんでしたか」

「相変わらず絵仕事に追われる毎日でありやしてね」と、宗次の表情が和らぐ。

「顎と喉いかがなされたのです。お怪我ですか」

「いやなに、酔っ払いと少しもめやしてね」

「それはいけませぬ。お大事になさって下さい」

「はははっ、面目ない」

「近いうち是非とも、またわが家をお訪ね下さいませぬか。母がときおり先生の話を持ち出したり致します」

　と、この若侍、〝町人絵師〟の宗次に対してなかなか腰の低い話し方、接し様であった。上から見下すような傲慢なところが微塵も無いのは、良き家庭、佳き両親に育てられた豊かな人柄の証なのであろう。

「その後、母上様のご容態はいかがでござんすか」

「随分とようなりました。近頃では気分のよい日は台所に立ってくれ、私の好物を拵えてくれたり致します」

「そいつあ何より」

　と宗次はにっこりして、付け加えた。

「が、病に油断は禁物。決して無理をさせちゃあいけませんぜい。親、とくに母親ってえのは子のためとなると、つい笑顔を装ったり気丈に見せたりの無理をしちまいやす。よござんすね」

「はい。充分に注意致しておりますする」

「近い内にお寄り致しやす。母上様にそうお伝え下さいやし」

「ありがとうございます。宗次先生の内容豊かな色色なお話、母はまた大喜び致しましょう。つぎに先生が御出下さるときは、私が台所に立ち腕をふるいまするから」

「ははは。そいつあ楽しみだ。そいじゃあ私は絵筆を手にして参りやしょうか」

「絵筆を？」

「母上様の姿絵を描かせて戴きやす。圭太郎殿が拵えて下さる手料理の御礼でござんすよ。絵代は必要ありやせん」

「そ、宗次先生が母を描いて下さると言うのですか、しかも無代で……」

と、若侍の顔いっぱいに、たちまち何とも言えぬ明るさが広がった。それは宗次のことを「天下一」とまで評されている大変な浮世絵師、と承知している者の喜びの表情だった。

「嬉しいなあ。母がどれほど感動致しますことか。おそらく病など吹き飛んでしまいましょう」

「なあに。名医柴野南州先生が診て下さっていやすんだい。私の絵がどうのこうのより、南州先生が何の心配もなく治して下さいやすよ。じゃあ圭太郎殿、私はちょいと先を急ぎやすんで、これで」

「お止めして申し訳ありませんでした。さ、どうぞお通り下さい」

若侍が浅く腰を曲げて浅草御門の方へ右手を流した。

「お宜しいかえ」

「どうぞ……」

宗次は「ありがとうござんす」と一礼してから圭太郎の先に立ち、御門へ足を向けた。

六尺棒を左右の手にした若侍の同僚――やはり若い――が、これも満面に笑みを浮かべ近付いてくる宗次を待った。圭太郎を見習ったかのように腰をやや浅く曲げて宗次に敬意を表しているのは、宗次と圭太郎とのかかわりをよく知っているからなのであろう。

浅草御門は五千石から一万石未満の旗本の通用門である事を原則としており、警備は「五千石以上の旗本が担当」して二人ずつが交替で務める。

宗次が真渕圭太郎をはじめて知ったのは、湯島天神と神田明神（みょうじん）のちょうど中間あたりに位置する柴野診療所に於（お）いてであった。

圭太郎が、風邪（かぜ）で高熱を発した日頃から虚弱な母親伊津（いつ）を小者の手を借りて大八車に乗せ、来院していたのである。

日頃何かと名医柴野南州の世話になっている宗次もこの時、「夢座敷」で拵えて貰った上物の弁当に酒一升を付けて、ご機嫌（きげん）うかがいに訪れていた。

そこで圭太郎とはじめて話を交わし、双方その人柄が気に入って盃（さかずき）を交わす仲となったのである。

浅草御門橋を渡り切った宗次は、振り向いて軽く右手を上げ、小さく頷いて見せた。

衛士らしい真っ直ぐな姿勢で宗次を見送っていた若侍二人が、まるで上司にでも対するように頭を下げる。大身（たいしん）旗本家の家臣らしからぬ腰の低さだ。「おい」「こら」の態度が微塵もない。

「母上様が素晴らしい御人なら、子もまた素晴らしいや……」

呟きと笑みを残して、宗次はまた早足で歩き出した。

宗次はこれまでに三度ばかり、圭太郎の母伊津を見舞って真渕家を訪れている。

伊津の生半でない教養の深さ、穏やかで奥ゆかしい人柄に会うたび惹かれていった宗次である。

母親の情愛というものを全く知らずに育った宗次にとって、それはそれは余りにも圭太郎がうらやましくもある伊津の「姿」であった。

大身旗本家の用人（今でいう総務部長クラス）であった圭太郎の父親圭二郎は五年前に病没している。おそらくその父親も教養・人柄ともに素晴らしい人物であったに違いない事は、伊津と圭太郎に接してきた宗次には充分に想像ができた。

三味線堀に架かる木橋の手前の辻を左へ折れた宗次の足が、一町ばかり行って止まった。この界隈は武家、商家、町家が混在している。

宗次が足を止めたのは、間口の狭い商家風の二階建の前だった。

とは言っても看板があがっていないし暖簾(のれん)も下がっておらず、間口も閉ざされたままだから何を営んでいるのか外からは見当もつかない。小商(こあきな)い風としか見えない。

宗次が表口の腰高障子を開け、来馴れた者のようにするりと中へ入った。

ここでようやく、何を営んでいるか判るというものだった。

刀屋であった。それも脇差、懐剣などの「短刀類」の商いでは、この店――「対馬屋(つしまや)」――の右に出る店はないとまで言われている老舗(しにせ)だ。

間口は狭いが奥に向かって深い対馬屋だった。

「土間」及び「土間に面した板の間」は天井に達する格子張りによって左右二つに分けられていた。

先ず「板の間左半分」だが高利貸しを思わせるかのように表口に面して、やはり天井までがっしりとした格子が張り巡らされていた。ただ胸高のあたりには二尺四方ほどの〝商(あきな)い窓(まど)〟が設けられてはいる。

刃物を扱うがゆえの、安全構えとでも言うのだろうか。このところ江戸の人口は増すばかりであり、とくにカネに困った浪人が急増の傾向にある。お家――藩――を幕府に取り潰され路頭に放り出された侍たちが、生活の糧を求めて着のみ着のままで江戸、大坂などに集まるのは致しかたのないことなのだろう。

　さて対馬屋の表口を潜った客は否が応でも目の前にある〝商い窓〟の前に立たされる。「板の間の右半分」はと見ると様様な脇差、懐剣など短刀類の名刀が展示されており、ここへは誰も彼もが入れる訳ではなかった。

　格子で左右二つに仕切られた「土間」の右側半分へ入って展示の脇差、懐剣などを手に取って眺めるには、格子扉を開けて貰わなければならないが、余程に身分素姓がしっかりした者でないとかなわない。

「あ、これは若様……御出なされませ」

〝格子壁〟の向こうに宗次が立っていると気付いた番頭風――六十過ぎか――が、慌て気味に土間に下りて格子扉を開けた。

「店に他の客がいなかったとは申せ、若様は止したがいい」

　宗次が苦笑しながら静かに言った。口調が日頃とはガラリと変わっている。

「ようこそ御出なされませ」

と、奥の間で脇差、懐剣などを手に作業をしていた若くはない五、六人が、座業の姿勢を改めて丁重に頭を下げた。対馬屋では「鑑定」だけではなく「研ぎ」もすれば「浄拭」「鞘や柄の拵え」までも手がける。

ここの職人たちは、その道ではいずれも一流で知られた者たちだ。

「さ、さ若様、こちらへどうぞ……」

と、番頭風の〝若様〟はまだ改まらない。それどころか、そう呼ばねばならないのだ、と決意しているような顔つきだ。

宗次は番頭風の後に従って——勝手知ったる家だが——薄暗く案外に長い廊下を奥の間へと進んだ。

廊下の突き当たりは、二十坪ばかりの庭に面した明るい座敷だった。

「旦那さま、若様がお見えでございます」

「なにっ」

文机にのせた何かの厚い帳面を、恐らくオランダ製なのであろう天眼鏡で見ていた小柄な白髪の老爺が、びっくりしたように面を上げた。年齢の頃は七十を半ばは過ぎているであろうか。

「おお若様、ご連絡を下されば、こちらから出向きましたものを」

「今日はちと大事な頼み事があったものでな」

「頼み事？……さてはいよいよ、この爺に仲人を？」

「おいおい、止さぬか作造」と、宗次は破顔しながら文机を隔てて老爺の前に座った。

老爺、対馬屋の主人柿坂作造が、廊下に座っている番頭風を指差した。

「進吉、あれを若様にな。あれを……」

「若狭屋の梅饅頭でございますね」

「そう、それじゃ。それを四つ五つな」

「四つ五つ承知いたしました」

頷いて腰を上げようとする進吉を、「あ、番頭さん」と柿坂作造は右手を前に出しひらひら泳がせて呼び止めた。

番頭進吉が「はい」と座り直す。

「お茶はな、必ずあれですぞ」と、作造が真顔で口調を強めた。

「宇治(うじ)でございましょう」

「いや違う。あれじゃ、あれ」

「では清水(きよみず)は天宝堂(てんぽうどう)さんの新茶？」

「じゃない。ほれ、先日届いた」

「あっ、知覧茶(ちらんちゃ)を忘れておりました。申し訳ありません」

「番頭さん、私より早く呆(ぼ)けて貰っては困りますよ。頼りにしているんですから」

「なに、まだまだ大丈夫でございますよ旦那様」

　番頭進吉は目を細めて言い、宗次にきちんと頭を下げて退(さ)がっていった。

「珍しいものがあるのう。知覧茶畑と申すと九州は枕崎(まくらざき)辺りじゃの？」

「左様でございます。さすが若様、よく御存知でいらっしゃる」

「が、知覧茶と申すのは、飲んだことがないのう」

「知覧へ里帰りした、さる刀匠から送られて参りましたのじゃ。優しい甘さと渋(しぶ)みが喉(のど)をなでまわす香(かお)り豊かな逸品でござりますぞ。これが若狭屋の梅饅頭には、誠によく合うのでございますよ」

「日本橋若狭屋の梅饅頭を口にするのは久し振りじゃ」

「若様、この爺、今日は離しませぬぞ。浅草には酒、肴の旨い店が沢山ありまするから、左様、二、三軒の梯子はお覚悟を」

「いや、今日はそうもしてはおれぬのだ作造爺」

「そう言えば、大事な頼み事と申されておられましたな」

「女が柳生新陰流の達者と立ち合うても耐えられる、軽くて切れ味鋭い小振りな脇差が欲しいのじゃ」

「な、なんと……」と柿坂作造の目つきが鋭くなった。表情が一変している。

「それも急いでおるのじゃ爺。今日明日にでも、その脇差を使うことになるやも知れぬ」

「女が柳生新陰流の達者と立ち合うという事は、もしや仇討ちでございまするか」

「うむ、否定はせぬ」

「柳生新陰流と申せば将軍家のお止め流ですぞ。女が仇と狙うその相手というのは、一体何者でございまするか。まさか幕府の職に就く者ではありますまいな。だとすると、その女に若様が深くかかわりなされますると……」

「幕府とは関係ない。大丈夫じゃ」

「それは江戸柳生ではない、という意味で仰せでありまするのか」

「いかにも……」

「となると、残るは尾張柳生しかありませぬな」

柿坂作造の顔つきが一層のこと険しくなった。

「確かに尾張柳生の者じゃ。いや、正しくは、尾張柳生の者じゃった、と言い改めるべきであろうか。それも四天王に数えられた程の剛の者と申してもよい。そ奴、尾張にて不祥事を起こし脱藩して現在はこの江戸に潜んでおり、したがってすでに尾張柳生からは破門されていると見てよいであろう」

「その不祥事とやらが、女に仇と狙われる理由でありまするな」

「うむ。女に横恋慕して言い寄り、果たせぬと判って今度は女の亭主を闇夜に斬殺しおった」

「なんと卑劣な。尾張柳生の高弟に左様な腟者がいたとは……」

「腕は立っても柳生の高弟としては認められなんだそうじゃ。身分が余りにも低くてな……」

「なんとまあ……認めない方も認めない方でありまするが、人妻に横恋慕するそ奴など、剣客の風上にも置けませぬなあ。なさけなや」

「侍の社会も長くはないぞ爺」

「仰（おっしゃ）る通りでございまする。それよりも若様、その女をどのような経緯でお知りなされましたので？」

「それはいずれ話す。とにかく優れた一振りの脇差を急ぎ手に入れたい。短刀の類（たぐい）にかけての知識は、私もそなたが頼りじゃ。とくに此度（こたび）はな」

「女の小さな手に扱いやすく、しかも頑健な刃で軽いものとなりますると……」

柿坂作造は腕組をして考え込む様子を見せたが、直ぐに面（おもて）を上げ腕組を解いた。

「あれがよい……」

呟いた柿坂作造は、座敷の外に向かって両手を打ち鳴らした。

店の方から即座に「はい、直ぐに参ります」と返事があった。番頭進吉の声であると宗次には判った。

　急ぎの足音が廊下を伝わってきて、その通り進吉が「お茶は、も少しお待ち下さい」と言いつつ現われた。

「お茶ではないよ番頭さん、店蔵から雷光国の刃長一尺六寸二分（約四九・一センチ）を急いで持ってきておくれでないかえ」

「承知致しました。ただ旦那様、雷光国の短刀は一昨日すでに内金が入っておりまして、研ぎ師の草市さんが明日から入念な点検の作業に入ることになっておりますが」

「おや、あれほどの名刀に何処のどなた様が内金を入れなさったのかな。それに私はまだ、そうとの報告を受けておりませんよ」

「申し訳ございません。ここ二、三日、旦那様は組合の会合でお忙しくなさっておられましたので、今日の午後にでもきちんと御報告致す積もりでおりました」

「確かに私はこの二、三日忙し過ぎましたがね……ま、番頭さんに店先の事は一任してあるのだから内金の件は構いませんが、で、どなた様が内金を？」

「六五〇〇石の大身のお旗本津木谷能登守定行（つきやのとのかみさだゆき）様でございます」

「あ、大番頭（おおばんがしら）の……こりゃ覆（くつがえ）せませぬな。大変な大物でいらっしゃる」

「はい。ご嫡男（ちゃくなん）清之助（せいのすけ）様がこのたび、さる藩より姫君をお迎えなされますそうで、それを祝って能登守様が清之助様に贈られますそうで」

「判りました。が、まあ一度、雷光国の短刀を参考までに若様に見て頂きましょう」

「承知致しました。では、お持ち致します」

　番頭進吉が退がると、宗次と目を合わせ作造が首を小さく振りながら残念そうに言った。

「仇を討つ女の手には、打（う）って付（つ）けの短刀だと思ったんですがねえ。大番頭津木谷能登守様ほどの御人が、ご嫡男の婚儀を祝ってお贈りなさるとなると、無理なお願いをする訳にも参りませぬな。長くお取引させて戴いておる親しい御方ではありましても」

「雷光国の短刀については、さほど詳しく知っている訳ではないが、確か切っ先から四寸ばかりは両刃（もろは）ではなかったか？」

「おう、さすが若様。よく御存知でいらっしゃいます。その通り、切っ先から四寸は鋭い両刃となっております」

「ならば明らかに戦闘用。しかも殺るか殺られるかの激しい近接戦闘に用いられる短刀と申してよい。そのような短刀、婚儀の贈物には似合わぬと思うがのう」

「とは申されましても若様。能登守様が心からお気に召されたとなると、対馬屋としては異を唱えるのが難しゅうございます」

「だろうのう……うむ」

「若様は大層お顔の広い方でいらっしゃいますが、能登守様とはお付き合いはございませぬので」

「残念ながら……」

と答えた宗次であったが、それは一瞬ある事を思いついての偽りであった。

番頭進吉なのであろう、急ぎの足音が次第に廊下を近付いてくる。

「女の小さな手に雷光国の短刀はよいと思うのだがなあ……」と、作造はまだ残念そうだった。

「お持ち致しました」と番頭進吉が、薄紫色の風呂敷で包まれた木箱――細長い三尺ほどの――と判るものを胸に抱きかかえるようにして座敷に入ってきた。

「どれどれ……」と、作造が両手で大事そうにそれを受け取って、文机の上に置いた。

「ご用があれば、またお声を掛けて下さい」と退がっていく番頭に、「ああ……」と頷き返した作造であったが、目は宗次に向けている。

「さ、若様。ご自分でご覧になって下され」

「よいのか。すでに内金が入っているものを」

「お宜しいとも。手に取って眺めたからと言うて、減るものでもありませぬゆえ」

「うむ。ならば……」

宗次は薄紫色の風呂敷を開き、さらに何も記されていない全く無地の木箱の蓋（ふた）を静かに取った。

名刀雷光国の短刀がその姿を現わした。

それを手に取った宗次が「なるほど軽目じゃ……」と呟いて、鞘、鍔（つば）、柄の順で、じっと眺めた。目つきが鋭くなっている。

「さすが雷光国。しっかりとした拵（こしら）えじゃな爺」

「はい。これの右に出る短刀は、そう多くはござりますまい。金物は四分一（しぶいち）の唐草焼手腐（からくさやきてくさらし）で、柄の角材は黒牛の角磨（つのみが）きでございます」

「鞘が変わっておるな。この魚鱗（ぎょりん）の如く細やかに流れている凹凸（おうとつ）の文様は漆（うるし）の皺塗（しぼぬり）であろうか」

「やはり若様。お見事でございます。その通り」

宗次は鞘を払って、座敷に差し込む日で鋭い輝きを放った雷光国の刃に見入った。

「これはよい。この刃なら女の力でもってしても仇の心の臓に深深と食い入ろう。さすが柿坂作造、しっかりとした短刀を見せてくれた」

穏やかにそう言いながら、宗次は雷光国を鞘に納めた。

「この爺に短刀の鍛造についての業（わざ）・知識・考え方、を伝授下されたのは、若様のお父上、梁伊対馬守隆房（やないつしまのかみたかふさ）様でございまする。大剣聖であられました対馬守様の数数の御助言がなければ、現在の『対馬屋作造』の存在はございませぬ。平凡なる短刀の〝商い鍛冶師〟で終っておりました」

「ときに自ら鍛造さえも手がけた亡き父は、短刀に強く執心する爺の思想の中に、これは……と思われるものを見出していたのであろうな。ある日ある時、われら父子の前にいきなり、〝是非とも大剣客が所持する脇差をつくらせてほしい〟と出現した若くもない見知らぬ人物には、さすがの父上も私も驚かされたものであったが……」

「ははは っ、いま思い出しますと、冷や汗が噴き出て参ります。あれからもう幾年が過ぎたことでございましょうや」

「十六、七年も前かのう……いや、も少し前だったかも知れぬ」

「いまでもこの爺は、はっきりと覚えておりますぞ。故三代将軍家光様の〝放鷹の御膳所〟がありました目黒村泰叡山近くのお住居をはじめて訪れましたとき、庭先で対馬守様を相手に打ち合うておられました若様は、実に綺麗な鋭い小手打ちを対馬守様からお取りになりました」

「うん。私も覚えておる。あれが父上から奪った、はじめての一本じゃった」

「なんと。左様でございましたか。はじめて取った一本であったとは、この爺今日(こんにち)まで知りませなんだ」

「まだ貧弱な幼い体つきだった私に一本を奪われたのが嬉しかったのか、あの日父上は終日上機嫌であった。庵(いおり)へ近くの住職を招かれてな、縁台で満月を眺めながら夜遅くまで般若湯(はんにゃとう)（酒のこと。僧界の隠語）を楽しんでおられたわ」

「余程に嬉しかったのでございましょうなあ。思えば鋭い小手打ちの一本を取ったその瞬間こそ、若様の内面に隠されていた恐るべき天賦(てんぷ)の才が炸裂したときだったのでございますよ、きっと」

「そうであろうか」

「そうですとも。そして、そのときの小手打ちの一本がなければ父上様は、突然の出現者であるうらぶれた私の話なんぞ聞いて下さらなかったかも知れませぬ」

「ははは っ。それは言えるかも知れぬな。見知らぬ者には滅多(めった)に会おうとはなさらぬ世捨て人(よすてびと)であったからのう」

「それはともかくとして若様。雷光国いかが致しましょう。お気に召されたとは申せ、大番頭六五〇〇石津木谷能登守様の内金が入っておりまするゆえ……」

「先程も言うたが、雷光国は殺るか殺られるかの近接戦闘にこそふさわしい短刀じゃ。そこでな爺、明日から研ぎ師草市の作業が始まるらしいから、その作業期間を出来るだけ延ばしてほしいのじゃ」

「さては何か思いつかれましたな」

「うむ。ちと考えてみたいことがある……」

「承知いたしました。なるたけゆっくりと草市に作業させましょう」

　作造が深深と頷きながら言ったとき、一人でない足音が廊下を伝わってきた。その摺(す)り足の気配から、若狭屋の梅饅頭と茶が運ばれてきたな、と宗次には判った。

二十六

浅草は天王町(てんのうちょう)の刀商「対馬屋」を出た宗次の足は、大川に沿って建ち並ぶ巨大な御米蔵屋敷（旗本たちへの支給米などの備蓄蔵）を右に見て、浅草寺雷門そばの東仲町を目指し江戸通りを急いだ。

東仲町での用を先ず済ませたあとで、春日町の平造親分を訪ねる積もりでいる。

江戸通りを元旅籠町を過ぎた辺りまで来ると、浅草寺方向へ向かう人の流れがいやに増え出した。

刻限は正午過ぎ頃。

いささか小腹が空いてきたな、と思いながら宗次は二、三歩前を歩いていた小綺麗に着飾った水茶屋の女将風に肩を並べて声をかけた。

「えらく人の通りが増えやしたが、もしや浅草寺さん辺りで何かありますんで？」

「あら、今日は半年に一度の浅草屋台祭りなもので、その賑わいなんですよ」

「あ、なある……そうでしたかえ。どうも足を止めてしまいやした」

「いいええ」と、中年の女将風は目を細めて足早に離れ、少し先の所で振り向いて妖し気にまたにっこりとした。宗次が「どうも……」と会釈を返す。

が、たちまちのうち、宗次とその女将風の間に、大勢の人が流れ込んだ。

「……てえと、今日は新紋丁子親分は稼ぎ時で忙しいか……」

呟いた宗次の歩みが少し遅くなった。実は新紋一家を訪ねる予定だったのだ。

新紋丁子は浅草を本拠として西は不忍池（しのばずのいけ）まで、東は本所（ほんじょ）一帯、南は深川（ふかがわ）に至る広大な地域を縄張りとする香具師（やし）の大元締であった。

宗次と言葉を交わした水茶屋の女将風が口にした浅草屋台祭りとは、浅草寺とその界隈に在（あ）る多数の寺院・神社の境内に、一斉（いっせい）に屋台や曲芸小屋などが立つ日であった。この日ばかりは新紋一家と交流がある他処（よそ）の親分衆たちも、和気藹藹（わきあいあい）たる雰囲気のなか丁子親分の縄張り内へ屋台や曲芸小屋を展（ひろ）げる事が出来るのだった。

祭りの期間は、五日間である。

「ま、とにかく訪ねてみるか」

呟いた宗次の足が速くなった。

江戸通りはなにしろ風神、雷神を祀（まつ）る雷門——浅草寺表門——の真正面に突き当たる。

それだけに進むにつれて、宗次の足の自由は再び大勢の人出によって奪われるのだった。

前も後ろも右も左も、人人人だ。

「えれえ賑わいだ」

そう漏らしつつ宗次は、(新紋丁子という人はなかなかな親分だ)と改めて思い知らされるのであった。自分の縄張り内へ、他所の組織の屋台や曲芸小屋など容易には招き入れられないものである。しかも全くの無条件でだ。新紋一家への礼金、上がりの納金(おさめがね)などはいっさい無しである。

新紋丁子の狙いは一つ。大好きな地元浅草の振興にあった。浅草屋台祭りで大勢の人が域外から浅草へ流れ込み、それによって地元の様様なかたちの商売が活気づくことを願っているのだ。

むろん、そうと知っている浮世絵師宗次である。

人の流れに右へ左へともまれて小汗をかいた宗次が、ようやく雷門と向き合う東仲町へ着いて「ふうっ」と一息吐(つ)いたとき、雷門の内外(うちそと)はもとより、浅草広小路（雷門と東仲町の間の通り）は、笑顔また笑顔の人たちで埋まっていた。新紋一家の表口は人の頭の直ぐ向こうに見えている。

「こりゃあ入れねえな……ちょいと御免なさいよ」

宗次は人の間を泳ぐようにしてやっとこ石畳の路地へ入り、十六、七間ばかり行ったところで、路地を右へ折れて新紋一家の裏口に立った。

今日はいつもは閉まっている四枚の腰高障子の内の二枚が開いており、壁に沿うかたちで通っている細長い土間路地の向こうに、日を浴びた表口障子の明りが眩しく見えている。

その眩しい表口の障子は、いつもなら日が落ちるまで開いているのだが今日ばかりは閉ざされていた。

「八軒長屋の宗次がお訪ね致しやした。入らせて戴きやすよ」

奥に向かって声をかけてから、宗次は裏口を入った。

すぐに表口の明りを背にして、影絵のように男がひとり現われた。

「これは宗次先生。ようこそ御出下さいやした。お久し振りでござんす」

「おや、小頭の鮫三さん。今日は大層な賑わいだというのに、家の中で留守番でござんすかえ」と、宗次の方から相手に笑顔で近付いてゆく。

「へい。丁子親分自ら境内各所を検て回ると言いなさいやして、出かけられたものでございやすから」

「なにしろ美人で知られた親分だ。まさか一人で出かけられたんじゃあねえでしょうねい」

宗次は表口の土間に立って、小頭の鮫三と向き合った。

「滅相も。撫で斬りの伊佐三、拳の岩八、突きの波平、臑断ちの涼子、ほか三名の計七名が目立たぬよう離れて付き従っておりやす」

「そうですかえ。なら安心だ」

「それにこの祭りの間に限っては御上から、小脇差を腰に帯びてよし、といつものようにお許しを頂戴しておりやすんで」

「この大勢の人出の中で刃傷沙汰が生じれば、お役人が出張っても手に負えないでしょうからねい。で、丁子親分はどの寺院・神社の境内から検て回る積もりで出かけなさったんですかえ」

「先生ご存知のように、とにかく新紋の縄張り内には寺院・神社が多うございやす。無数と申しても言い過ぎじゃあござんせん。そこで取り敢えず堀割の向こう新鳥越の貝善寺さんから検てゆこう、という事になりやして」

「そうですかい。じゃあ私も貝善寺さんを訪ねてみる事に致しやしょう。丁子親分が此処を出なすって、もうかなりになりますので？」

「いいえ、つい先程でござんす。あの宗次先生、今日は何ぞ親分に御用がおありでございやすかい。行き違いになっちゃあいけやせんので、御用がおありなら、私からも親分に伝えておくように致しやすが」

「ありがてえ。そう願えやしょうか。実は今日にも『夢座敷』の女将幸が旅の女性をともなって浅草を訪れやす」

「えっ、お幸様が……」と、小頭鮫三の表情がたちまち緩んだ。幸と宗次の仲を承知していることもあって〝様〟を付している。

「で、浅草で何か困った事が生じたら必ず新紋一家を訪ねるように、と申しつけてありますんで、面倒かけやすが一つ宜しく御願い致しやす」

「喜んで。この鮫三、お幸様とお連れ様のこと、しっかりと引き受けやした。ご安心下さいやし先生。むろん親分にも間違えなく伝えておきやす」

「ありがとう小頭。そのうち、何処ぞで一杯やりやしょう」

「喜んで……」

「じゃあ」

宗次は丁重に頭を下げて、また裏口へ向かった。

小頭の鮫三は新紋一家にとっては、なくてはならぬ存在だった。斬った張ったで頼りになる存在、という訳ではない。むしろ裏社会の仁義がどうの、義理がどうの、長脇差（ながどす）がどうの、ということは苦手な鮫三だった。

凄みのあるその名に似合わず、鮫三が得意とするのは算盤勘定（そろばんかんじょう）であり、金の出入りを記録する帳面の精査（今でいう監査）であった。鮫三のこの厳格な金銭の出入り管理によって、新紋一家の金蔵（かねぐら）状態（財務状態）は今や盤石（ばんじゃく）なものとなっている。

これこそが新紋一家の強みであった。

小頭鮫三と別れた宗次は、人出で混雑する表通りを避け、勝手知ったる路地・小道伝いに南北に走っている堀割に出た。この狭い流れは、鳥越川（とりごえがわ）の水を引き入れるかたちで造られた松平下総守（まつだいらしもうさのかみ）様下屋敷そばの堀割（三味線堀）につながる流れと、鳥越橋の付近でつながっている。

宗次は堀割に架かった小さな木橋を渡って直ぐの、貝善寺の立派な山門前に立った。浅草寺を除けば、この界隈では最も大きな、いや巨大と言ってよい天台寺院である。

したがって境内は広大だ。

また貝善寺の周辺には、とくに中小の寺院・神社などが肩を寄せ合うようにして密集していた。

「凄え人出だなあ……」

広大な境内に経蔵、御影堂、大方丈、小方丈、唐門などの諸堂宇が並ぶ貝善寺の大山門は、さながら人で編んだ太い帯で僅かな隙間さえもなく詰まっているかに見えた。

宗次は山門から境内へ入るのを諦め、敷地壁を共用しているすぐ隣の小寺、介法寺へと入っていった。別名、山ぼうし寺とも言われている。植えられている樹木の殆どが、山ぼうしなのだ。

介法寺は貝善寺の末寺の一つに当たり、末寺の中でも小さい方だった。

ただ二、三の藩の正室、側室の墓があるなどで、由緒は整っている。

この日の介法寺は屋台祭りの大変な賑わいのなか、ひっそりとした静けさを保っていた。境内が広くないこともあって、また貝善寺隣の末寺という立場もあって、一張り(ひとは)の屋台も入っていないからだ。

それでも貝善寺境内に通じる小さな潜り口が開放されているため、人の出入りが全く無い訳ではなかった。

宗次は石畳を踏んで本堂の前へゆき、賽銭箱(さいせんばこ)に小粒（一分金）を一つ、そっと落として両手を合わせた。

宗次の隣に、裕福に見える身形の母娘(おやこ)らしい四十過ぎの女性と若い娘が立って、共に賽銭箱に銭貨を落とし合掌(がっしょう)した。

宗次は母娘らしい二人を残して、本堂から離れた。

商家の旦那風と、番頭、手代、小者でもあるのか四、五人が、いかにも明るく談笑しながら石畳を矢張り本堂の方へ向かってくる。

宗次は彼らに背を向けて、貝善寺の境内に通じる潜り口の方へ歩き出した。

とたん、〝商家風〟の彼らが一斉に、着ていた長羽織を脱ぎ捨てた。

それが石畳の上に落ちるよりも早く、男共が腰帯のやや後ろに通した刀を抜刀して疾風と化す。

ひとかたまりの！

何という凄まじい速さ。しかも足音を全く立てない。

その異常事態に宗次ほどの手練が、まだ気付いていなかった。

双方の間が一気に縮まり、先頭の旦那風が宗次の頭上へ形相凄まじく凶刀を打ち下ろした。

二十七

「きゃあっ」

介法寺の境内に鋭い女の悲鳴が響きわたる。本堂の賽銭箱の前で両手を合わせていた母娘らしい二人の悲鳴だった。

この時にはもう、先頭を切っていた旦那風の打ち下ろす蛮刀が、宗次の後頭部に鈍い音を立てて食い込む寸前だった。

それを女二人の甲高(かんだか)い悲鳴が間一髪救った。

宗次の両足が足元の石畳を蹴って、その体が水中へ身を投じるかのように前方へ跳ぶ。

蛮刀が空(くう)を切った。

だが驚くべきは、その後に続いた光景だった。第一撃を失敗した旦那風が前方へ飛翔した宗次の背中の上を、すかさず重なるようにして跳んだのである。宗次と寸分たがわぬ姿勢(かたち)で。

宗次が右肩から体を丸く縮めて石畳の上に〝着地〟し、ふわりと一回転して立ち上がったとき、全く同じ動作を取った旦那風は宗次の目先二尺とない至近に立ち上がっていた。宗次の表情が一瞬狼狽(ろうばい)。

形相凄まじい旦那風が鼻柱の前に垂直に立てた蛮刀の峰を、左掌(ひだりてのひら)で「ぬんっ」と押し、その刃が宗次の頰(ほお)にザックリと食い込んだ。

息継ぎを全く見せぬ、一挙一動の恐るべき速さ。音立てて飛び散る鮮血。

そうと見えた母娘らしい二人が、またしても甲高い悲鳴をあげた。いや、母娘にとって、それが見誤りなき無残な光景の筈だった。

だが、現実は余りにも違った。信じられぬほど〝異様〟だった。

旦那風が宗次の前で右回りに風車の如く回転し、石畳の上に激しく叩きつけられたのである。

ドンッという肉打つ鈍い音。二度大きく弾む肉体。

次の刹那、宗次の両手に挟み奪られていた蛮刀が、倒れて動けぬ旦那風の左脚に打ち込まれ瞬時に捩るようにして引き抜かれていた。

噴き上がる血柱！

「うおっ」という呻きを発し、旦那風が石畳の上で背中を反らす。

母娘は、その現実に目を見張り、息をのんだ。母娘にとって一連のそれは、僅かに二呼吸するかしないかの間に生じていた。

だが、もっと恐ろしい壮烈な男の闘いを母娘は続けざま見ることとなる。

申し合わせていたかの如く二番手、三番手がうち揃って無言のまま宗次に斬り込んだ。

倒した敵の蛮刀を身構える間も与えられず、宗次が刺客二人の間を左右へ裂くかたちで深く踏み込む。

バチンッ、カンッ、ジャキンと打ち合った三名の鋼が日が眩しく降りしきるなか、無数の青い火花を宙にまき散らし、刺客の一人が首から血しぶきを噴き飛ばして悲鳴もあげずに横転。

それを見て母娘は全身を震わせ、身の危険を感じたのか抱き合うようにして山門の方へ逃げ出した。そのあとを「遅れてはならじ」と他の参詣客があたふたと追い従う。

介法寺境内は、たちまち宗次と刺客だけとなり、その直後、宗次に打ちかかっていた二人の内の残りも右手首を斬り落とされ、前のめりに沈んだ。

ここにきて、宗次にようやく一呼吸できる余裕が生まれた。

「もう止しにしねえかい。ここは血刀を振り回すことが許される場所じゃねえ」

だが残った無傷の二人は怯む様子も見せず、正眼の構えでジリッと宗次との間を詰めた。

「商人風を装っていやがるが、間違えなく忍び崩れ……てめえらの頭は尾張柳生を放り出された半東竜之介かえ」

言い終えて宗次は、すらりと立ったまま刃を相手に向けて、右下段の構えをとった。

すると相手二人の口元が、ニタリとなった。半東竜之介の名を出せば多少はうろたえるか、と踏んだ宗次であったが、予想ははずれた。

「もう終りだよ、浮世絵の先生」

嘲（あざけ）り口調で、ひとりがはじめて言葉を発した。まだ口元はニタリと笑っている。

「結構だ」

と、穏やかに宗次は返した。

途端、右側の刺客が宗次の眉間（みけん）に打ち込んだ。

宗次が訳もなく受けたが、刺客は面、面、面、面、面と一点に対し激烈に繰り返した。双方の刀身が、バンッバンッバンッと鉄砲を撃ち鳴らしたように、境内に轟（とどろ）く。

まるで「斬る」という意思よりも「打つ」という意思を優先させ爆発させているごとくに。

宗次は受けながらそう気付いた。

六撃目に、そ奴がひらりと鮮やかに七、八尺を跳び退(さ)がる。

宗次が手にした蛮刀が、半程(なかほど)でダラリと折れ曲がったのは、その瞬間であった。

「しまった」と宗次の口から小声が漏れ、待機していた刺客のもう一人が突き構えで体ごと宗次にぶつかった。

折れ曲がった蛮刀を捨てざま左へ上体を振った宗次の右脇腹を、刺客の切っ先が貫く。

全身を走った激痛で顔を歪めた宗次の左拳が、左下から右上に向かって内側へ捻(ひね)り込むように、刺客の腋(わき)に炸裂。

ボキリという音。

「があっ」と目をむいて前のめりになりかけたそ奴の鼻柱へ、宗次の右拳が半円を描き唸りを発して殴り下ろされた。そう、まさしく殴り下ろしたのだ。

顔面が陥没する猫が鳴くような妙な音がして、そ奴が朽(く)ち木(き)のごとく背中から石畳に沈んだ。

無傷の刺客が茫然の態（てい）で、宗次と倒れて痙攣（けいれん）する仲間とを見比べた。

「まだやるかえ、お前（めえ）さん」

脇腹を押さえて言う宗次の手指の間から、血が湧（わ）き出した。

刺客が黙って刀を鞘に納める。

「予（あらかじ）め、緻密（ちみつ）に折れるように仕組んだ刀を相手の手に不自然なく渡す尾張の忍び闘法。噂（うわさ）には聞いていたが、なるほど見事じゃねえか。痛い目を見たが、いい経験をさせて貰ったい」

宗次が苦笑まじりに言ったところへ、小脇差を腰に帯びた博徒態（ばくとてい）の六、七人が血相を変えて山門から境内へと駈け込んできた。

無傷の刺客が、隣の大寺院貝善寺の境内に通じる潜り口から脱兎（だっと）の如く姿をくらました。

慌て気味だ。

「おうっ……参詣人の〝喧嘩（けんか）だあっ〟てえ叫びで来てみりゃあ、なんとなんと宗次先生じゃねえですかえ」

と、背丈のある博徒態の一人が大声を放ちながら宗次に走り寄る。

「よう、撫で斬りの伊佐三さん、久し振りでござんすね」

「久し振りどころじゃねえやな先生。腹(はら)から血が出ているじゃありやせんか。一体全体どうしなすったい」

目をむいてそこまで言ってから、伊佐三は後ろを振り返り、どら声を響かせた。

「おい、拳の岩八。貝善寺へ走って安然和尚(あんねんおしょう)から茶をご馳走(ちそう)になっていなさる親分をお呼びしてこい。宗次先生が介法寺で大変だとな」

「合点(がってん)承知」

小柄な男が頷いて身を翻(ひるがえ)した。

「涼子は辺りに用心しろい。気を抜くなよ」

「心得た」

野郎共の中の花一輪、膿断ちの涼子――二十半(はたちなか)ばくらいか――が打てば響くように返す。

「さ、先生。とにかくそこに座ってこの伊佐三に傷を見せてくんない」

「す、すまねえな」

伊佐三に促(うなが)されて、宗次は本堂をぐるりと取り囲んでいる石段に腰を下ろした。

「宗次先生に刃(やいば)を向けたのは、この野郎どもですねい」

と、臑断ちの涼子がその辺りにひっくりかえっている刺客を睨(にら)みつける。女ながら飛び散っている血を見ても動じない。

宗次は「うん」と小さく頷きながら、脇腹を押さえていた血だらけの手をはなし、まだ目をむいている伊佐三が傷口へ顔を近付けた。

伊佐三は新紋一家の小頭鮫三のすぐ下「番頭」の地位にあって、臑断ちの涼子、突きの波平ら腕利きと連れ立って近場(ちかば)の小野(おの)派一刀流道場へ通っている。

涼子の涼しいが凜(りん)と響く声が「とにかく野郎どもを縛っちまえ。血止めだけはしてやんな」と言い放つと、二十(はたち)前の若い者(もん)たちが「おうっ」と、てきぱき動き出した。

伊佐三が傷口から顔をはなして、宗次と目を見合わせた。表情が緩んでいる。

「よかったですぜい先生。出血の勢いの割にゃあ、腹側から背へと貫かれた傷は皮膚のすぐ内側、浅いところでござんす。これなら心配いらねえ」

「斬った張ったで体中が傷だらけの伊佐三さんの確かな目がそう言ってくれるんなら、こいつあ安心だな」

「安心だな、じゃございんせんぜい先生。今や天下一の浮世絵を描く大事な体なんだ。もちっと大事にしてくんない。商人風のあの連中と一体何があったんでい。この浅草界隈じゃあ、あまり見かけねえ連中のようだが」

「なあに、私が悪いんだ。祭り気分にうかれる余りな、よろめいて肩をぶっつけてきた連中を、ついからかってしまってよ」

「それにしても、先生お一人が倒したんですかい。刀を手にしてやがるあの何人もの連中を」

「とんでもねえ。この境内にいた強そうなご浪人さんが手伝って下すったんだ。そういえば、どこかへ消えちまったな、あのご浪人さん。まだ礼も言っちゃあいねえのによ」

「ふうん……強そうなご浪人さんが……ですかい」

と、新紋一家の番頭、撫で斬りの伊佐三がチラリとだが疑い深そうに宗次を見た。顎と右の頬に斜めに走る刀傷のあとが目立つが、年増女を泣かせそうな渋い顔立ちの男前だ。男らしい男前とでもいうのか。

と、貝善寺に通じる潜り口から、紺地に白梅(しらうめ)を小さく散らした小袖を着込み、島田髷(しまだまげ)に金簪(かんざし)を通した女――三十前後か――が拳の岩八を従えて足早に現われた。

なんと腰帯に白柄の小脇差を差し通し、みるからに「鉄火」と判る綺麗な顔立ちの女であった。すうっと細目に流れた二重(ふたえ)の目が、目尻で僅かにピンとはねているあたりが、なんとも清清しい妖しさだ。

この女こそが、浅草を本拠として西は不忍池(しのばずのいけ)まで、東は本所(ほんじょ)一帯、南は深(ふか)川(がわ)に至る広大な地域を縄張りとする香具師(やし)の大元締新紋丁子親分であった。

まわりにいる子分たちも丁子の出現で、硬(かた)い真顔となる。

宗次の方を見向きもしないで、丁子が言った。

「涼子、そのふん縛(じば)った血まみれが、宗次先生に斬りかかったワルなのかえ」

「はい。そうでござんす……そうですねい、宗次先生」

涼子に相槌を求められて、宗次は「はい。その通りで」と返したが丁子はまだ宗次の方を見ようとはしない。

「で、伊佐三……」

と丁子に声をかけられた伊佐三が、「へい」と宗次のそばを離れて親分丁子に近寄った。

「境内を血で汚した詫びを介法寺のご住職へ、もう入れてくれたのかえ」

「いえ。まだでござんす。とにかく先生の傷の手当を先にと思いやしたもんで……幸い傷は浅いようです」

「じゃあ、私が知念和尚に詫びを入れてきましょうかい。涼子はふん縛った野郎たちを二丁目角の番屋へ大八車にでも乗せてしょっぴいてお行き。とりあえず宗次先生には新紋の客間で蘭医石庵先生の手当を受けて貰うこった ね伊佐三」

「承知いたしやした。石庵先生ん家へは若い者を走らせやす」

頷く伊佐三に「頼んだよ」と丁子が真顔で念を押す。

「へい」と、伊佐三はもう一度頷いた。

丁子はまだ宗次と視線を合わそうとはせず、くるりと背を向けて庫裏の方へ足早に消えていった。

　そのかたちよい背中が「ふん」と気分を損ねているように、宗次には見える。

　丁子の後ろ姿が本堂の角を左へ折れるのを待って伊佐三が宗次のそばに戻ってきた。

「ちょいとばかし親分は機嫌を損ねていらっしゃいますぜい先生」と、伊佐三が囁(ささや)いた。

「そのようだな。私(あっし)の顔を見ようともなさらねえ」

「先生が親分に心配をかけ過ぎるからでござんすよ。なにしろ年がら年中、体のどこかしこに訳の判らねえ傷を受けていなさる。先生は堅気(かたぎ)の、しかも今や京・大坂の向こうにまでその名を広めつつある天下一の浮世絵師ですぜい。大名旗本家からも声がかかろうってお人だ。その先生の体が生傷(なまきず)絶えねえなんてのは……」

「判ったよ伊佐さん、これからは充分に気を付ける。それよりも急ぎやって貰いてえ事があるんだがよ」

「やって貰いてえ事？……」

「縛りあげた連中に猿轡を嚙ませてほしいんだがねい」

「なんでまた……」

「私に斬りつけてきた刀の使いようが、どうも町人らしくねえってのが、剣術に全く素人の私にもはっきりと読めたんでい。何かの事情を抱えた侍が商人風に化けているとしたら、番屋へしょっぴいて役人が来る前に、舌を嚙み切る奴が出るかも知れねえ」

「なるほど。お調べのためにもそれは止めなきゃあなるめえよ。よし判った」

頷いた伊佐三は「おい、涼子」と呼びつけて「連中に猿轡を嚙ませろい」と命じた。

「へいっ」と応じたこの朧断ちの涼子、甘酒茶屋の看板娘みたいな色白のあどけない顔立ちをしているが親分丁子の遠縁に当たり、小野派一刀流小太刀の凄腕で新紋一家では小頭の鮫三から数えて、なんと五番目に位置付けている。

極めて喧嘩好きな気性の荒い色白の二十三歳であった。ふっくらとした、やわらかな体つきの印象であるのに。

涼子とその仲間たちが連中に猿轡を嚙ませるのを見届けて、宗次が伊佐三に告げた。

「伊佐さん、私も斬りつけてきた連中と、ちょいとばかし番屋で話してみてえ。二丁目角の番屋とやらまで一緒させて貰うぜ」

「おうっと止しなせえ先生。丁子親分は新紋の客間で石庵先生の治療を受けるように、と仰ったんだ。言われた通りに致しなせえ、言われた通りに」

「役人のお調べ前に、ちょいとだ。ちょいとだけ番屋で連中と話を交わしてみてえ……な、頼む伊佐さん」

「先生よ……」

「ん？」

「どうも変だ。なぜ、それほど連中と話を交わすことに、こだわりなさる。肩がぶつかった、ぶつからねえの下らねえ衝突だったんでござんしょ」

「うん……まあな」

「何か、この私に隠していなさるんじゃねえですかい。大事につながるような何かを」

「隠しているような事は何もねえが、よし、じゃあ新紋一家の客間で大人しく石庵先生の世話になりやしょうか」と、宗次は逃げを打った。

「そうなさいねえ。が、蘭医石庵先生と、宗次先生が親しくしていなさる名医柴野南州先生とは、オレ、オマエの仲でござんすから、宗次先生の新しい傷はすぐに南州先生の耳に入りますぜ。お覚悟しなせえよ」

「うむ……」

「見れば喉と顎にも傷を受けてなさるじゃねえですかい。きちんと綺麗に手当して貰っていなさるその傷、どうせ南州先生のお世話になったんでござんしょ。今日の脇腹の新しい傷が南州先生の耳に入ったら、またやったのか、ときつく叱られやすぜ。いつも宗次先生のことを大層気にかけていなさる名医先生でござんすからね」

「確かに叱られるかもなあ」

「さ、参りましょうかい」

「うん」

伊佐三に促されてゆっくりと立ち上がった宗次を、少し離れた位置で視野の端に捉え、胸を熱くして小さな溜息を然り気なく漏らした者があった。

　小野派一刀流小太刀の凄腕、臑断ちの涼子である。

二十八

「こうも浴びるように次から次と生傷を拵えていちゃあ、南州殿が心を痛めるのも無理からぬ事じゃ。一体全体、毎日何をしていなさるのじゃ。天才絵師として絵筆を執っているのか、それとも下らぬ喧嘩を探して町の路地から路地へと野良猫のように歩き回っていなさるのか……己れを虚しゅうして、ひたすら絵に打ち込みなされ宗次殿」

　江戸に於ける蘭医の双璧。名医柴野南州と並び市井の人たちから高く評価されている戸澤石庵が、宗次を叱って客間から出て行こうとすると、「はい」と神妙な顔つきで頭の後ろに手をやる宗次であった。

「南州殿には伝えておきますぞ。幸い全治十日くらいで済んだが、まかり間違えば六腑の一、二か所は破られていた、とな」

石庵は怖い顔つきで言い終えてプイと客間から出て行くと、そこでニッと表情を一変させた。

その直ぐ後ろから出てきた石庵の助手と新紋丁子の二人。

丁子が、早足で前を行く石庵の右肩あたりに顔を近付ける。

気を利かせた助手が歩みを遅らせた。

「石庵先生、本当に全治十日くらいで済んでいるのでございますか」

「心配いらぬ。数日経つか経たぬ内に傷口は塞がろう。傷はハラ側から背側へと派手に貫けておるが、なあに薄皮の下をやられただけじゃ」

「それを聞いてホッと致しました。有り難うございまする」

「あれはな、見事に避けた傷じゃな。前方から激しく向かってきた刃を見事にな……うん」

「見事に避けた傷？」

「なに、ま、そのような事はどうでもよい。この儂の勝手な想像じゃ。今日はこのあと手術を二件も控えておるので急いで帰らねばな」

「お忙しいなか、足をお運び下さいまして申し訳ございませぬ」

「なあに、浅草一番の妖しく綺麗なお前様から来いと言われりゃあ、この石庵、老いた体を地獄の果てまでも運びますわい。はははっ」

「まあ、石庵先生ったら……」

二人が玄関土間まで来ると、小頭の鮫三と番頭の伊佐三の二人を除く、主だった子分衆が顔を揃えていた。

丁子が鬛断ちの涼子と目を合わせた。

「涼子、早駕籠（はやかご）を二挺（ちょう）、待たせてあるね」

「はい、裏口に」

頷いた丁子は、小声で「先生、これを……」と白い紙に包んだものを石庵の着物の袂（たもと）に滑らせた。

「幾ら入れたのじゃ」

「一つ（一両）ばかり……」

「多過ぎる。その三分の一で宜しい」

「ならば、医学の本でも買う足（た）しにして下さいましな」

「これじゃから、この年寄りはお前様には勝てぬわ。それに妖しく美しいときているからもう堪らぬ」

「石庵先生のためなら、この新紋丁子。地獄の果てまでも足を運びますよ。ふふっ」

「あ、言いおった。あはははっ」

石庵が破顔し、まわりにいた子分たちも目を細めた。

石庵と助手を送り出して客間に戻った丁子の表情は厳しくなっていた。

「さてと宗次先生。石庵先生からお叱りを受けた後だから、この丁子はうるさくは申しませんけれど、あまり『夢座敷』のお幸さんに心配かけるんじゃありませんよ。石庵先生の言葉じゃありませんが、本当に次から次の生傷なんだから」

「すまねえ姐さん。べつに自分から望んでの生傷じゃねえんだが」

「小頭の話じゃあ、今日お幸さんが旅の女とかを案内して、この浅草に足を運んでくれるんですって？」

「頃合からして、もう浅草寺あたりに来ている頃でござんしょ」

「先生に刃を向けたってえ連中は、肩がぶつかった、ぶつからないの下らない理由を振り回したってのは作り話じゃあございませんね」

「ない」と、首を横に振るしかない宗次だった。

「鮫三……」

と、丁子がそこで言葉を切り、ちょっと思案の素振りを見せたあと言葉を続けた。

「拳の岩八、突きの波平、牖断ちの涼子らに若い者を幾人か付けて、『夢座敷』の女将を急ぎ探させておくれ」

「判りやした」

「すれ違っただけで江戸の男共が目まいを覚えるお幸さんの美しさだ。駈けずり回って探すまでもなく、直ぐに見つかるだろうから、丁寧に先生の傷の具合を伝えて此処(ここ)へ来て戴きな」

「そう致しやしょう。私(あっし)も四、五人若い者(もん)を引き連れて、浅草寺の裏手側（北側のこと）からでも回り込んでみる事に致しやす」

「とかなんとか言って、『夢座敷』のお幸さんと聞くや、心(しん)の臓(ぞう)がポトポトとお小水を漏らしてんじゃないだろうね鮫三」

「よ、よして下さいよ親分。それも宗次先生の前でえ……」

「いいじゃないかえ。鮫三だけじゃないんだ。お幸さんは江戸中の男共の憧(あこが)れなんだから、心の臓がお小水を漏らしたぐらいで恥ずかしがる事なんかないよ。女の私(あたし)だって、お幸さんはふるい付きたいほど大好きなんだから」

「ま、参ったなあ。親分にゃあ」

「さ、いい年をして顔を赤くしていないで、行っといで」

「拳の岩八と突きの波平が、北町のお役人が見えるまで番屋にまだ留(とど)まっておりますんで、小頭が動いて下さいやすと涼子や若い者(もん)が助かりやすよ」

伊佐三が横から鮫三に助け船を出した。

「あっ、そうか。そうだったね。ともかく鮫三、若い者(もん)を急ぎ浅草寺界隈で動かしておくれ」

「承知しやした」と、鮫三が勢いよく立ち上がった。

「何があっても喧嘩はいけないよ。いいね」

「私(あっし)に喧嘩なんぞ出来やせんよ親分。算盤(そろばん)を手にしての殴り合いくらいなら、やってもよござんすが」

いった。

「馬鹿……」と、丁子が苦笑し、鮫三が宗次にひょいと頭を下げ客間から出ていった。

苦笑しながら伊佐三が言った。

「お茶でもいれてきやしょうかえ親分」

「そうだねえ。台所の水屋に京花堂（きょうかどう）の饅頭があるから、それもね」

「判りやした」

伊佐三が「ごめんなすって」と宗次に告げて客間から出ていった。

そういえば勝村勇之助も母親に京花堂の饅頭を買い与えていたなあ、と宗次は思い出した。

「ねえ宗次先生……」と、丁子が座っていた位置を、膝頭が触れる程に宗次へ躙（にじ）り寄せた。

「これまでに幾度も先生に言ってきたけれど、浮世絵師宗次がお幸さんの想（おも）い人（びと）でなきゃあ、私（あたし）は先生を力尽くでも奪（と）っていたんですからね」

「うん、何度も聞いたよ。有り難うな姐（あね）さん」

「先生の体を心底から心配しているのは、なにもお幸さん一人じゃないってことを忘れないで下さいな」

「判ってまさあ……よく判ってる」

「ねえ」

「ん？」

「私の裸を描いて下さいました先生。そろそろいいでしょう」

「駄目だ……これ迄にも何度も駄目と言ってきたじゃござんせんか」

「なぜ、それほど意固地に駄目なの」

「姐さんの肌はおそらく……妖し過ぎる」

「え……」

「それにきっと綺麗すぎる……余りにも」

「それ……本気で言ってなさるの？」

「むろん……姐さんにふざけ半分で言えることじゃござんせん」

「うれしい……うれしいですよ先生」

「妖しくまばゆく美し過ぎるであろう姐さんの裸身は、誰にも見せちゃあなりやせん。この私にも、他の男どもにも……大事に大事に隠しておきなせえ」

「うん……じゃあそうしますよ。先生がそうまで仰るなら」

「十八で新紋一家の嫁となり、その二年後には流行病で夫を亡くして以来、女手一つで新紋という大世帯を今日まで立派に率いてきなすったんだ。東海道の先の先まで大親分として知られた品川は大崎一家の実の兄文助親分の後ろ盾があったとはいえ、姐さんの今日までのご苦労は大変なものであったに相違ござんせん。私には、ちゃんと判りやす」

「先生……でも私……子供が欲しい」

　新紋丁子は呟くように漏らすと、宗次の膝の上にゆっくりと顔を伏せた。

「今に現われやすよ。きっと現われる……姐さんを幸せにしてくれる男らしい男がね」

　宗次はそう言いながら、丁子の背中を優しくさすってやるのだった。実は、こうして丁子の背中をさすってやるのは、今日がはじめてではなかった。たとえちょっとでも二人だけとなる機会が訪れると、丁子は決まって疲れ切ったように宗次の膝に崩れてしまうのだった。一気に緊張が緩むのであろうか。それとも甘えたい男を求めて女の本性が露となるのであろうか。

宗次はおそらく「その両方であろう」と察して、いつも優しく丁子の背中をさすってやるのだった。なにしろ「直系の子分」だけでも百名を超え、それに差配下の香具師とその家族を加えると大変な数となる。そのひとりひとりが路頭に迷わぬよう気配りを怠ってはならぬ立場の丁子であった。

疲れない訳がない。子分たちの前では厳しい姿勢を失わぬ丁子を、宗次はいつも実の姉を見る想いで、いとおしく感じるのだった。

と、廊下に一人でない足音がして、次第に客間へ近付いてきた。

丁子が宗次の膝から素早く離れて、居ずまいを正した。

伊佐三が「お待たせを……」と言いながら、涼子を従えて客間に入ってきた。

伊佐三が手にする盆には、大きな急須と湯呑みが四つのっていた。

涼子が手にする菓子盆には、江戸者なら知らぬ者がないとまで言われている京花堂の饅頭が山盛り。

「おやまあ、なんだねえ、その菓子の盛り方は……それに涼子は、さっさと出かけないと」

と、丁子が顔をしかめ、涼子が首をすくめた。

「涼子が親分とほんの少しの間、一緒に茶を飲みたい、と言い張るもんで……」

そう言いながら伊佐三が宗次の前に湯呑みを置いた時だった。表口の方で
「親分は？」「客間にいなさるが、どしたい」「大変なことになっちまったい」

と慌ただしい気配がして、廊下を誰かが駈けてくる。

「突きの波平だな」

「何かあったようだね」

と、伊佐三と丁子の表情が曇って、涼子が廊下に出た。

客間に倒れ込むようにして入ってきたのは、矢張り突きの波平だった。

小槍の扱いが滅法優れているところから、「突きの波平」となったまだ二十を過ぎたばかりの男だ。

「落ち着かねえか波平。先生の前だ」

伊佐三に叱られ、波平が大きく息を吸い込んでから切り出そうとするのを
「お待ちっ」と声鋭く丁子が抑えた。

「波平、左耳の下をどうしたんだい。血が出ているじゃないかえ」

「へい。こりゃあ何てことござんせんが、番屋へしょっぴいた連中を皆殺しにされちまいやした」

「なにっ」と思わず片膝立てたのは、宗次であった。連中を調べることによって、その背後に潜んでいる者の正体を、いよいよ暴けると期待していたからである。

伊佐三が青ざめた顔で波平に迫った。

「何がどうなって皆殺しにされたというんだ。詳しく話さねえか」

「拳の岩八が小便のため番屋を離れたとき、突然つむじ風のように飛び込んできた一人の浪人が、あっという間に刀を一閃させ連中の息の根を止めてしまいやして……」

「番屋には、お前や番人の小者がいただろう。たった一人の浪人を押さえられなかったのけえ」

「いつもなら二人いる番人の小者は、今日の祭りの巡回に駆り出されて不在で、私と岩八の二人だけでした。私は番屋備えの六尺棒で浪人に立ち向かいやしたが、その時にはもう連中は皆息の根を止められておりやした。それにその浪人（やろう）、強いのなんのって」

「その浪人（やろう）の面体（めんてい）、よっく見ておいただろうな」

「忘れるもんですかい。顔は風呂敷で急場作りの覆面で隠しておりやしたが、右目よりも左目がはっきりと小さく、体つきは小柄で一見ひ弱そうでありやした。しかし刀の使いようは凄いもんで、私（あっし）が六尺棒で相手の左肩を狙い得意の三段突きを連続させやすと、せせら笑ったように軽くかわした上、右手にしていた刀を左手に持ち改めるや、左肩を打ち狙う私（あっし）の六尺棒を三つ切りにしてしまいやした。あの浪人（やろう）、左右両刀の使い手だ」

「なんと……六尺棒を三つ切りにか」

「へい。私（あっし）が驚き怯（ひる）んだ時にゃあ、もうそ奴の姿は消えておりやした」

あいつだな、と宗次は立てていた片膝を静かに戻した。

丁子が口調鋭く指示を放った。

「伊佐三、手下を総動員して何としても、その浪人を見つけるんだ。波平は浪人の顔、体つきの他、着ていたものの特徴までこと細かく紙に書いて整理し、それを身内の屋台に伝え香具師たちの目・耳の協力を仰ぐんだ。私は、間もなくお役人が番屋に訪れるだろうから、番屋へ出向く。さ、お急ぎ」

「へい」

と腰を上げた伊佐三と波平に、丁子が付け加えた。

「何処で誰に対しても、まかり間違っても宗次先生の名を口にするんじゃあないよ。判っているわね」

「心得ておりやす」

二人は客間を飛び出してゆき、丁子は宗次と目を合わせた。

「傷の痛みはどう?」

「大丈夫でい」

「私はこれから番屋へ出向きます。お役人が見えても、理由もなく体を傷つけられた宗次先生の名は出しません。それで宜しいわね」

「世話をかけちまって、すまねえな」

「一人で歩ける?」

「平気でさあ。それよりも番屋へ急ぎねえ。血の海の中で一人残されている拳の岩八つぁんが困惑（こんわく）している筈だ」

「八軒長屋へ真っ直ぐに戻って下さいよ。お幸さんと旅の女（ひと）の事は心配しないで。新紋（うち）できちんと対処しますからね。『夢座敷』へはしっかりと送り届けます」

「ひとつ頼みやす。そいじゃあ私（あっし）はこれで……あ、それからこの客間の襖（ふすま）。白襖（しろぶすま）でどうも味気ねえ。そのうち描かせて貰ってよござんすね。姐さんの姿絵を……」

宗次はそう言い残して、客間をあとにした。

丁子の頬に、みるみる朱がさし、瞳が輝き出した。

※

宗次は通りの北側に多くの小寺が立ち並ぶ浅草の寺町（てらまち）通りを抜けると、不忍池に出た辺りで顔をしかめ立ち止まった。

蘭医戸澤石庵によって縫合された脇腹が、疼（うず）き出していた。僅かに腹側を四針、背側を三針縫合しただけであったが、かなりの疼きだった。

「それにしても、もう一つ解せねえ……連中の動き方が」

宗次は脳裏に勝村勇之助に似た「奴」の顔を思い浮かべながら、首を小さくひねった。

「ま、もう直ぐ出会うだろうぜい。下らねえ野郎の泣きっ面とよ」

呟いて宗次は、また歩き出した。

岸内冬の顔が、脳裏にまだ残っている勝村勇之助に似た「奴」の顔と並んで浮かび上がったが、すぐに消えさった。

「どうも何だか、すっきりしねえ……この胸の内のザラザラした感触は一体何なんでえ……」

と、宗次は呟きを繰り返した。介法寺でいきなり襲われたということは、その日の自分の動きが襲撃者に把握されていた、ということになる。しかも全く気配も音も感じさせずの、背後からの奇襲だ。卑劣なまでの。

「音無しの奇襲……」と呟いた宗次の足が、また止まった。

またしても岸内冬の顔が、脳裏に浮かび上がっていた。

今朝、宗次のボロ家の床板をピキリとも踏み鳴らすことなく宗次に気付かれぬまま外に出た冬である。

宗次は空を仰ぎ、溜息を一つ吐いた。

「ま、いいか……」

宗次は湯島天神切通しを抜け、水戸藩上屋敷そばの春日町に入ったが、肝心の平造親分は出張っていて留守だった。

仕方なく宗次は、我がボロ家へ足を向けた。脇腹の疼きがおさまらず、今日は大事をとるか、という判断だった。

二十九

まる二日半、宗次は昏昏と眠り続けた。眠り続けはしたが、筋向かいのチヨが何度もそっと表口を開け「先生……」と、小声をかけてくれたことは捉えていた。それに居酒屋「しのぶ」の主人角之一が二度訪れ、「なんでい、まだ眠ってるぜい……」と心配そうに漏らしてくれたことも。

宗次は脇腹の傷の回復を、最優先させたのであった。対決する相手が強敵であればあるほど、腹部の負傷というものは大きな「負の原因」になると判っていたからである。

そして、宗次は目を覚ました。

猫の額ほどの庭との間を仕切っている障子に日が当たって、柿の木が影絵をつくっている。

宗次は寝床を離れて障子を開け、土間近くにまで差し込む日差しの中でゆっくりと腰をねじってみた。

脇腹に痛みはなかった。さすが石庵先生、と思った。五日を過ぎた頃に診せにきなさい、南州殿に診て貰ってもいいようにはしておこう。石庵先生からはそのように言われている。

宗次は暫く日差しの中に目を細めて立っていた。良い気分であった。このボロ家のいいところは、日がよく当たることだ。刻限によっては表口の腰高障子の袂まで届く。

尤も庭先から表口までの隔たりは、猫がひとっ跳びできる程度しかないから自慢にはならない。

　コトトトと表口の障子の滑る音がしたので、宗次は振り返った。

　筋向かいの屋根葺き職人久平の女房チヨが開ける音だと判っていた。これが飴売り金三四十一歳の女房秋江になると、ガタガタガタとなる。

「あらまあ先生、ようやく目を覚ましてくれたんだねえ。心配したよう」

　チヨが目尻を下げ、いそいそと土間内に入ってきた。

「すまねえ。ここんとこ寝不足が続いていたもんでよ」

「本業の他に色色とあるもんねえ先生は。何食分もご飯食べてないね。どうする?」

「なんとなく玉子かけが食べてえや」

「あいよ。それから一つ褌で三日近くも眠ってたんだ。洗っとくから新しいのと取り替え、さっぱりとした気分で玉子かけを食べるんだね」

「そうする」

　母親にでも命じられたように、宗次はチヨが洗って真っ白になった褌を箪笥から取り出し、納戸に入って手早く取り替えた。

「チヨさんいつも申し訳ねえ。ありがとうよ」

宗次は上がり框(かまち)にきちんと正座して頭を下げると、汚れ物をチヨに差し出した。チヨがニコリとした。優しい、いい笑顔だった。

「いいんだよ。いまご飯と玉子を持ってくるから、待っといで」

「うん」

チヨは「ここ開けとくから」と言いながら外に出ると、宗次の汚れ物を顔に押し当て忙しそうに戻っていった。いつもの見なれた光景だ。

ご飯と玉子はすぐに届けられた。玉子一つとはいっても、決して安くはない先頃の物価だ。

宗次が丼のアツアツのご飯に玉子を落とし、軽く七味を振ってから醤油(しょうゆ)をかけたとき、開いたままの表口からヌッと入って来た険しい顔つきの男があった。

「やあ、これは平造親分」

手にしたばかりの丼(どんぶり)と箸(はし)を宗次は古い盆の上に戻した。チヨと宗次の間を数え切れぬほど往き来してきた古キズの目立つ盆だ。

「なんだか久し振りのような気がするが、何やかやの調子はどうなんでい先生」

そう言いながらギロリとした目つきで狭い部屋を見まわし、後ろ手で表口を閉める平造だった。

「何やかやの調子は、よくも悪くもござんせんが」

「平造の耳は地獄耳だぜ。何か隠していても、すぐに判る」と言いながら、平造は上がり框に腰を下ろした。

「隠すって……何をでござんすか」

「ま、いいやな。早く飯を食っちまいな。それにしても何だい。いま時分に飯なんてえのは」

「腹が減るのに〝時分〟なんて関係ありませんや」

「うん、そりゃそうだが……実はよ先生、今日は耳打ちしてえ事があって、下っ引きの五平(ごへい)を連れずに一人で訪ねて来たんでい」

「ほう……」と応じながら宗次は、（どうやら自分の脇腹の件は平造親分の耳へは入ってねえな……）とひと安心した。

「先生はこれ迄に町奉行所の仕事をよく手伝ってくれたり、知恵を貸してくれたりしたからよ、飯田の旦那（北町奉行所市中取締方筆頭同心、飯田次五郎）が念のため先生にだけはそっと耳打ちしておけと仰ってな」

「それはまた……」

「江戸市中の質屋や骨董屋を同心旦那や目明し皆で調べ尽くして、ついに飯田の旦那が摑んだんだ。一銭のカネも奪われてねえ瀬戸物問屋の老舗『室邦屋』から消えた物が何であるかをよ」

「なんと」

　さすがに宗次は驚いて、手にした丼と箸をまた盆に戻した。

「この前先生は、私と飯田の旦那に言ってくれたじゃねえかい。たとえば足利義満公ご愛用の純金の茶壺や茶碗が何らかの理由で『室邦屋』にあったとしたら……ってね」

「何気なく言ったに過ぎねえんだが、そいつが実際に『室邦屋』にあって、それが盗まれたと言いなさるんで？」

「いや、足利義満公の金とか銀とかにゃあ関係ねえんだが、それに勝るとも劣らねえ大変な物（もん）が『散田屋（さんだや）』に入れられてたんでい。その額九千両」

「なにっ、九千両ですってい……『散田屋』といやあ江戸一で知られた質屋でござんすねい。京、大坂、尾張などに大きな骨董屋を出張らせている事でも知られておりやす。私（あつし）の知る限りじゃあ、主人（あるじ）の評判はもう一つだが」

「その通りだい。亡くなった先代大原久左衛門（おおはらきゅうざえもん）は人品骨柄まことに素晴らしく学ある人物としても知られ貧しい人にも実に寛容（かんよう）なことで尊敬を集めていた。だが跡を継いだ息子の大原寅一（とらいち）がよくねえ。手腕に優れ商いをぐんぐん広げていくことにゃあ成功しやがったが、女ぐせが大層悪く、またカネになるなら貧乏人の臑（すね）の毛まで引き抜いて持っていくってえ冷酷さだとか……」

「で、そのスケベで冷酷非情な野郎が営む『散田屋』へ一体（いってえ）何処の誰が何を質入れしやがったんでござんすか」

「何処の誰だか正体は判っちゃあいねえが、『室邦屋』に押し込んだ賊にゃあ違いねえだろ。質入れされたのは、驚くんじゃねえぞ先生……」

と、そこで言葉を休めひと息ついた平造親分であった。

その間に宗次は玉子かけご飯を、三口四口急ぎかき込んで箸を休めた。腹が空いて鳴き始めていた。

「質入れされたのは何と、豊臣秀吉公が千利休から貰ったと伝えられている『秀』『千』『満』と名付けられた三点の茶器と無銘の茶釜一点。それに茶入一点。いずれも純金で出来ている」

秀・千・満の三字を宙に書いて見せながら、言い終えて平造親分は溜息を吐いて下唇を噛んだ。

「そいつあ凄え……さすが飯田の旦那、よく突き止めなすったい。純金で出来ているということは、明らかに実用的なものではなく贈り物として作られたものだ」

「いずれにも千利休の銀の刻印があることを、飯田の旦那は自分の目で確かめておられる。だが宗次先生よ。質屋が、何処の誰だか正体の判っちゃあいねえ者に質種を入れさせるのは、幕府の質屋お定め書第何条とやらに違反するんじゃねえのかい。つまり千利休の茶器と茶釜そして茶入は奉行所が没収できるんじゃあねえかと……」

「質屋のお定め書第何条とかを大原寅一に突き付けて追い詰めるのは、現実には無理がありやしょう。なぜなら、この御時世、おそらく大名旗本にしろ藩名を隠しあるいは姓名身分を伏して『散田屋』に何百両、何千両と世話になっていやしょうからね」

「あっ、なある……」

「大原寅一の裏の裏まで町奉行が先頭に立って腕力で切り込めば、大名旗本にとどまらず日頃お高く止まっている幕閣にまで激震が走るやも知れやせん」

「そうだな……幕閣にまでなあ」

「それよりも『散田屋』へ質種を入れた奴、つまり『室邦屋』へ押し込んだ賊を捕えて残忍な事件を解決へと持ってゆけば、欲深な大原寅一は否が応でも千利休の品を自ら奉行所へ差し出さざるを得なくなりやしょう」

「なるほど……先生の言う通りだ。うん」

「で、その千利休の品が『室邦屋』に間違(まちげ)えなく存在していたことは、証明できているんでござんすね」

「もちろんでい。殺害された『室邦屋』の主人(あるじ)室辺邦衛門(むろべくにえもん)の親戚筋に当たる、下谷広小路(したやひろこうじ)の茶問屋の老舗『水谷屋(みずたにや)』の主人(あるじ)夫婦が口を揃えて、千利休の品五点は古くから『室邦屋』にあったと証言していなさる」

「ふうん……千利休のその五点、動乱の時代をあちらへ渡され、こちらへ奪われする内に『室邦屋』へ辿り着いたのかなあ」

「長い年月の間に、何千両、何万両の形(かた)(担保)にされ、大名家から大名家へ、表社会から裏社会へと漂い続けていたのかも知れやせんねえ」

「思えば哀(あわ)れな、純金の五点ではある」

「まったくで……」

「ところで親分、ちょいと……」とまで言って、宗次は視線を落とし腕組をした。

　その迷い考え込む様子に「どうしなすったい」と、上がり框の平造親分が宗次の方へ上体を伸ばし顔を覗き込むようにする。

　だが、宗次の腕組は長くはなく、「よし」といった感じで視線を上げ平造と顔を合わせた。

「当分の間は親分と私(あっし)の二人だけのことにして戴きてえんだが」

「先生がそう切り出すんなら、それでゆきやしょう。私(あっし)を信じねえ」

「うれしい言葉でござんす。ちょいと待っておくんなさい」

宗次はそう言うと絵道具が整っている文机の前に移って、ほんの少しの間、宙を仰ぐようにして目を閉じた。雪駄を脱いだ平造もそっと文机に躙り寄る。

「何か頭の中に思い描いているな」と平造親分には見当がついたから、黙って宗次の整った横顔を見続けた。

やがて目を見開いた宗次は硯箱の蓋を開けて筆を手に取り、二、三枚の白紙を手元へ引き寄せた。

硯には墨汁が充分に溜まっている。

その硯に筆を持ってゆき、宙の一点を見つめる宗次の目つきが鋭くなった。

平造親分が、思わず生唾を飲み込む。

墨汁にひたした筆が、紙の上を滑り出した。

（す、凄い……）と平造は身震いした。これこそが天才か、と思った。

一度墨汁でしめらせただけの筆が、漬け足しをすることなく、ぐんぐん滑ってゆく。「太い線・細い線」「明るい部分・薄暗い部分」「かすれた部分・濃い部分」「凸た部分・凹んだ部分」、実にあざやかな一筆描きであった。

やがて三枚の絵が出来あがった。女の顔を描いたものであった。その間に筆先を墨汁にひたしたのは、たったの二度。

「粗い絵だが、ま、見て下せえよ親分」

「へい」

頷いて受け取った三枚を膝先に並べて、平造は見比べた。さすが、北町奉行から房付き十手を直接授与されるだけの事はある平造であった。三枚の絵を受け取るや、すぐにピンときたのであろう、見比べに入っている。

いくらも経たぬ内に平造が「ん?」と、目つきを鋭くさせた。

「先生よ、この絵、一人の女の顔を描いたものでござんすね」

「さすが平造親分だ」

「こいつあ……この右端の年寄りの顔から始まって、四十代、二十代と若くしていったもんじゃありやせんかね」

「四十代、二十代という年齢(とし)を意識して描いたつもりはござんせんが、ま、次第に年齢(とし)を下げていくかたちで描いてみやした。そこでお願いがありやす」

「聞きやしょう。先生と私(あっし)の仲だい。何でも言って下せえ」

「この三枚の女の顔が、過去の事件の中で手配の人相描きとなったことがないかどうか、奉行所の記録書を調べて下さいやせんか」

「な、なんですってい」

「何も訊かねえでお願い致しやす。この通り」

　宗次は文机から下がって、額が畳に触れるほど頭を下げた。

「お、おい先生、少し待ちねえ。頭を上げなよ。いくら俺が奉行所のお偉方たちと親しくさせて貰っているとは言え、目明しの分際で奉行所の御文庫へは入れねえよ。たとえ御文庫に入る機会を与えられたとしても、自分勝手に過去の御手配記録をめくる事なんて出来る訳がねえ」

「判っておりやす。ですから、なんとか誰か同心旦那に動いて貰って……」

「それだと、先生と俺の二人だけの秘密にゃあならねえぜ」

「ですからこの三枚の絵は、親分の依頼でこの私が言われるまま何も事情を知らされずに描いたことにして……」

「じゃあ俺は、この三枚の絵を同心旦那にどう説明すりゃあいいんだい。女掏摸団の大親分だとか、女の殺し屋だとか出任せを打ち放てばいいのかよ」

「そこは海千山千の平造親分。この三枚の似顔絵を振りかざして、ひと言ふた言深刻な言葉を発すりゃあ、きっと同心旦那の誰かは御文庫へ入れてくれると思いやす……やってみて下せえ親分」

「うーん……くそったれ、判った。やってみよう……そのかわり、この似顔絵は誰なのか教えてくれ」

「それは言えやせん。今の段階では」

「どうしても？」

「言えやせん。それは私を信じて大目に見てやっておくんなさい親分」

「そうか……どうやらこいつあ、そんじょそこらの頼み事じゃあねえな」

「仰る通りで」

「承った。もう何も言うめえよ先生。引き受けた。ひとつ本気を出してみようかえ」

平造が深深と頷いてから、腰を上げた。

宗次が描いた女の――年寄りの――似顔絵は、勝村勇之助の母親多代のものであった。ここにきて宗次は、一点非の打ち所がない勇之助と多代の母子関係に、なんとも名状し難いザラザラしたものを感じ出していた。

　どこがどう、あそこがどう、というものではなかった。明確に不快なものが目についている訳ではなかった。だからこそ余計に感じるザラザラ感だった。余りにも美し過ぎるのだ、勝村の母子関係が。

「何らかの結果が出たら、すぐに知らせに来るぜ先生」

「待っておりやす」

　平造は表口の腰高障子を静かに閉めて立ち去った。

　宗次は玉子かけご飯を綺麗に食べ終え、台所の流し場で食器と箸と盆を柄(ひ)杓(しゃく)で掬(すく)った水甕(みずがめ)の水で洗うと布巾(ふきん)で丁寧に拭(ふ)いて食器は盆にのせ、上がり框に置いた。

「美味(おい)しかったよ。ありがとう、おっ母(か)さん」

　宗次は上がり框に正座して筋向かいへきちんと合掌し頭を下げると、塩で歯を清めて長屋をあとにした。

　すでに三軒の行き先がハラの内にあった。

　その内の一軒、堀留(ほりどめ)二丁目（現・日本橋堀留町二丁目あたり）の杉ノ森稲荷(すぎのもりいなり)そばに在る材木問屋「富士屋」へ、宗次の足は急いだ。

主人利左衛門から、客間の襖六枚に「富士と女」を描いてくれと頼まれ、具体的な提案をしないままでいた。

提案するどころではない、次から次と訪れる予期せぬ騒動であった。

当たり前の者ならいい加減うんざりであろうが、しかし宗次は違った。

絵師としても剣客としても、それらの騒動は自分がより大きくなるためには欠かせぬ要素という捉え方をしていた。

それが父であり師であった大剣聖、従五位下・梁伊対馬守隆房の教えだった。退がるでない、という。

力及ばぬなら、相手を殺し自分も殺せ、という程の強烈な思想の師であった。

揚真流には、「負」の文字は認められないのである。

この揚真流の「絶対必殺」の思想を叩き込まれた宗次の本能が、凄まじい爆発を見せる瞬間が刻一刻近付きつつあることに、宗次自身もその周辺の者もまだ気付かないでいた。

三十

材木問屋「富士屋」の主人（あるじ）利左衛門と半刻（はんとき）ほど満足のゆく打ち合わせが出来た宗次は、次に小石川（こいしかわ）へ足を向けた。御三家の一つ水戸藩三五万石上屋敷東側の大身旗本津木谷能登守定行四十五歳を訪ねる積もりだった。

幕府「番方」五番勢の中で最大の組織「大番」の長官（かしら）である六五〇〇石の津木谷能登守と宗次とは、能登守に「いつ、いかなる場合でも屋敷への出入り自由を認む」と言わせる程の付き合いである。

長く病床（びょうしょう）にあった奥方咲江（さきえ）が、余命二月（ふたつき）の力をふり絞って座する姿を宗次に描いて貰って以来、なんと病状がぐんぐんと快方へ向かったのだ。

半ば妻の命を諦めていた能登守定行が、歓喜に咽（むせ）んだことは言うまでもない。

宗次は堀留二丁目の通りから北へ大傳馬町（おおでんま）、小傳馬町（こでんま）へと抜けて今川堀（いまがわ）を渡り、路地から路地へと伝い歩くかたちで神田の職人町を突き抜け大外濠川（神田川）にかかる木橋（のちの昌平橋）へと出た。勝手知ったる江戸の町、近道は得意だった。

木橋を渡ろうとすると、橋杭に猪牙舟を結び付けて釣り糸を垂れていた二人の内の一人が、「おや、宗次先生……」と声をかけてきた。

下を見た宗次が「あれ……」と足を止めた。声をかけてきたのは八軒長屋口に住む蜆売りの仁平であった。その横で矢張り長屋の手遊び売り（玩具売り）の喜助がニッとしている。

「二人とも商売はどしたんでい」

「今日は休んだんでさあ。私も喜助も、もう二百日以上ひと休みもしねえで働き続けなんで、ちょいと疲れてしまいやしてね」

「そうか。ま、休むことも大事だわ。じゃ、今日一日のんびりしな」

「大物が釣れやしたら、活きのいい内にお持ち致しやす」

「ありがてえ。今日は帰宅が遅くなりそうだから、チヨさんに預けておいてくんない」

「承知しやした」

「魚に食われなさんなよ」

宗次は二人に笑いを投げかけて木橋を渡った。

木橋から大外濠川沿いに凡（およ）そ西方向へ半里とちょっと行けば、否が応でも広大な水戸藩上屋敷が目に入る。

宗次は足を急がせた。

二百日以上ひと休みもしねえで働き続けなんで、と言った蜆売り仁平の声がまだ頭の中に残っている。

江戸の民百姓が働いて働いて尚（なお）働いても貧しいことを、宗次はよく理解できていた。そして、庶民のこの生活の余裕の無さは、いずれ社会を根底から揺り動かす起爆剤となり、おそらく武士の社会に終りを告げる事になろう、と思った。

「いいお天気で先生……」

「や、本当（ほんと）に」

宗次と三味線（しゃみせん）を胸に抱いた粋（いき）な小紋の二十三、四とが擦（す）れ違った。

「ご免なすって先生、お先に……」

道具箱を肩にした大工風が、小駈けに宗次を追い抜いて行く。

「頑張んない」と声かける宗次に、相手は前を向いたまま左手を上げて少し振った。印半纏の背中が「頑張ってやす」と答えているようだ。

庶民は貧しくとも、江戸のこの明るさが宗次にはたまらなかった。もっとも、明るい所ばかりではない。江戸の〈裏社会〉には庶民の目に触れない恐ろしい力が潜んでもいる。

水戸藩上屋敷が見えてきた。敷地約十万一千坪に及ぶ阿呆らしい程の巨大邸宅である。

敷地千八百坪の津木谷邸は、その手前に沢山の中小旗本屋敷が建ち並んでいることでまだ見えない。

が、宗次の脳裏にはすでに、津木谷家の次に訪ねる光景が浮かんでいた。

「さて……吉と出るか……凶と出るか」

脳裏にある〝次の光景〟に向かって、宗次は呟きかけた。

ようやく、津木谷家の大屋根が向こうに見え出した。

宗次は直ぐ先の小旗本屋敷に挟まれた路地を右へ入り、そこに聳えていると判っていた一本の楡（にれ）の巨木の陰へ、すっと体を隠した。この界隈を守って下さっている御神木である、との噂が古くから定着しているから誰彼に大事にされている巨木だ。

どれほどの酔っ払いも、この巨木にだけは小便を引っかけないという。

宗次は暫く御神木の陰にいたが、何も変化は生じなかった。

巨木の陰から出て宗次は路地の奥に向かって歩き出した。何処をどう曲がれば津木谷家の正門前に出るかは、百も承知だ。

右へ折れ左へ折れ、ときどき足を休めては後ろに用心し、津木谷家の堂堂たる長屋御門の前に立った。御門の部分は旗本屋敷には珍しい二層構造であり、その両側にまるで羽根を広げたように平（ひら）長屋が長く延びているため、〝三手先（みてさき）組み工法〟の二層構造の御門は大振りではなかったが一層立派に見えた。

宗次が潜り口の扉を叩くまでもなく、内側から静かに扉が開けられた。

御門の右脇には小さな格子窓（物見窓）を持つ門番の詰所があるから、誰が訪れたか即座に判るようになっている。

小旗本屋敷の表門は午前から午後にかけて一定の間、出入りの商人職人百姓たちのためにも開放されていることが少なくない。「便宜性開放」とかいうやつだ。しかし津木谷能登守定行のように将軍に身近な大番頭という重席に就いている高級官僚邸は、表御門を軽軽しくは開放しない。

安全上のためもある。

「そろそろ宗次先生がお見えになる頃では、と思うておりました」

扉を開けてくれた小柄な老爺が、目を細めて言った。

「奥方様のご体調は、その後どうだえ」

「お元気でいらっしゃいますよ。たまあに小さな目眩を起こされますが心配する程のことはなさそうで、近頃では庭に出て草花の苗を植えられたり……」

「そいつあなにより……通らせて戴いて宜しいかえ」

「どうぞどうぞ……奥様がお喜びになりましょう。今日はお殿様もいらっしゃいます」

「ありがたい。好都合だえ」

宗次は老爺の肩に軽く手を置いてから、玄関ではなく庭の奥へ足を向けた。

と、一人でない女性の明るい笑い声が聞こえてきた。どうやら奥方咲江が、御女中たちと庭先に出ているような感じだった。

続いて「うん、その辺りがよい。整然と並び揃って芽が出るように植えるよりも、ひと花ひと花が思い思い野生的に芽をふき出すのがよいなあ」と、野太い声。がっしりとした体格までが判ってしまうような声だった。

能登守定行の声と宗次には判った。

宗次は歩みを止めて、声のした方へ告げた。

「浮世絵師宗次、お訪ね致しやした。おそばに参って宜しゅうございやしょうか」

すると、すぐに奥方咲江の弾んだ声が返ってきた。

「おお宗次殿。ようこそ来て下された。さ、こちらへ……」と、足音までが急ぎ自分の方へ向かって来ると判って、宗次は「おっと……」と少し慌てた。

宗次は目の前の桜の木の所を左へ曲がるや、「奥方様、お駈けになっちゃあいけやせん」と、両手を前に差し出した。

奥方との間は数間（けん）も空いていたが、真剣この上ない宗次の表情だった。

「大丈夫ですよ宗次殿。ほれ、ご覧なされ。全て私（わたくし）が畝（うね）をつくり花の苗を植えました」

と、咲江は娘のように頰を赤らめ、花畑を指差して見せた。

「奥方様、体調や気分が良くとも、決して無理を急がせちゃあなりやせん。ゆっくり、そっと体を解(ほぐ)すようにして……」

「ま、宗次殿は息子清之助と同じようなことを申すのですね。さては二人して口裏を合わせていますのね。ふふふっ」

その明るさに宗次は、なるほどこれは相当に良い方向に向かっている、と思った。

「それにしても宗次殿。顎と喉首の湿布はいかがなされた。風邪でも召されましたか」

「いやなに、ちょいとした気触(かぶれ)でござんす。あと一両日ではがしやす」

まさか「南州先生によって縫合されやして」とは言えぬ宗次であった。

能登守定行がにこにこと宗次を手招いたので、そばにやって来た咲江が宗次の手を取った。

「お殿様に何ぞ御用があって参られたのでしょう。いま御酒の用意を整えさせますから、今日はゆっくりとなさるのですよ。さすれば気触など治りましょう」

「あ、いや、実はこの後も予定が……」

「この後も前もありませぬ。さ、お殿様、宗次殿を御殿(ごてん)へ召し上げて下さりませ」

と、宗次の手を引いて、広縁に泰然(たいぜん)と正座をしている能登守の前へ連れていく咲江であった。きらきらした目と上気している顔が、体調のよさを示している。

「宗次。奥（咲江）もああ言うておるのだ。儂(わし)への用件は聞くゆえ、少しは酒を付き合え。飲みながら聞こう」

「は、はあ……」

仕方がない、付き合うか、と宗次は覚悟を決めた。さわやかな人柄の能登守と判っているから、酒が不味(まず)い筈がない。

「飲む」と決めたら、急に胃(い)の腑(ふ)が身構え出したのが判る宗次だった。

「殿様御殿」の大きな文机を隔てて能登守と宗次は向き合った。

もう庭先からは奥方の姿も御女中の姿も消えている。

春の訪れでもないのに突然黄鳥が啼いて、宗次の表情が「おうっ……」と緩んだ。

「余程この御屋敷の居心地が宜しいのでござんすね殿様。すっかり居着いているではござんせんか」

「うむ。宗次が奥の絵を描き始めた頃から、この屋敷で盛んに啼き始めたのう。木立の多い庭一面にわたり一日中日が差し込んでいるから、そなたの言うように居心地がよいのであろうな」

「御屋敷の皆様がお心優しいと黄鳥にも判って、安心できているのでござんしょ」

「今宵は焼き鳥で一杯飲むか、というような脂っぽい気分で庭先をうろつけば、小鳥たちは一斉に逃げ出すであろうかな。ははははっ」

「それはいけやせん。焼き鳥はいけやせんよお殿様。あははっ」

明るく笑い合ったあと、どちらからともなく真顔になった二人であった。

「で？……」

と、能登守が促すような目つきとなる。

宗次は「はい」と頷くと文机からすうっと三尺ばかり退がって、畳に両手をついた。そのあと一瞬小さな迷いを口元に見せた宗次であったが、切り出した。

「このたびは、若君清之助様のご婚儀調（ととの）われましたる由（よし）、誠におめでとうございまする。心よりお祝い申し述べさせて戴きまする」

いつものべらんめえ調が、改め言葉、いや侍言葉に変わっていた。これが口元に覗かせた小さな迷いの原因であったのだろうか。

しかし、その侍言葉を聞いても能登守の顔には驚きは走らず、目を細め穏やかに頷くだけであった。宗次を「町人にあらず」と、すでに見抜いていたのであろう。一朝（いっちょう）事が起これば将軍直属の戦闘集団と化す大番組の長官である。絵仕事を依頼した宗次を屋敷に召して以来、その才能人柄が殊（こと）の外（ほか）気に入って「いついかなる時も屋敷への出入り自由」を認めた程の長官だ。宗次の「町人にあらず」を見抜けぬ訳がない。

能登守が物静かに、しかし上機嫌で切り出した。

「そなた、さては浅草は天王町(てんのうちょう)の刀屋、対馬屋作造と入魂(じっこん)の間柄だな」

「はい」と、宗次は畳についていた両手を上げ、元の位置に戻った。

「やはりそうか。清之助の婚儀については、儂はまだ対馬屋作造にしか漏らしていないからのう。が、作造は口の固い非常に信頼の出来る人物じゃ。その作造がそなたに清之助の婚儀について漏らしたということは、そなたと作造、昨日(きのう)今日の付き合いではあるまい」

「今は亡き、わが父の代からの付き合いでございまする」

「ほう……この能登守定行、宗次の父親について是非(ぜひ)とも知りたいのう」

「わが父は……従五位下・梁伊対馬守隆房でございますれば」

「なにっ」

これにはさすがの能登守定行も驚き、思わず宗次の方へ身を乗り出した。

「亡き柳生宗冬(やぎゅうむねふゆ)殿でさえ、その前に出たら居住まいを正され表情を硬くされた、と伝えられているあの大剣聖・対馬守隆房様が父だと言うか」

「その通りでございまする」

「なんとのう……」

と能登守は天井を見上げ、溜息を一つ吐いてから言葉を続けた。

「いや、驚いた。ほんに驚いた。奥が知ればおそらく儂よりも驚こう。だが、それで納得できたぞ。過ぐる年の夜、伝奏屋敷取締役安村雄之進邸で、そなたが侵入者数人に対して見せたという凄まじい剣法のわけが……雄之進は度肝を抜かれておったわ」

「父譲りの揚真流でござりますれば……」

「うむ、うむ、なればこそじゃ。あの大剣聖を父に持つ子ならば、何者をも恐れる事はないじゃろ。たとえ顎や喉首に小さな切り傷を浴びようともな」

「これは恐れいりまする」

宗次は苦笑して顎の傷に軽く手を触れた。

「ところでお殿様。対馬屋作造の話によりますれば、此度の婚儀を祝して清之助様に対し、お殿様は対馬屋の短刀雷光国をお贈りなされますとか」

「それまでも対馬屋は、そなたに漏らしたのか。確かにすでに内金を済ませてはおるが」

「おそれながら、雷光国は名刀ながら切っ先から四寸が両刃。殺るか殺られるかの激しい近接戦闘に用いられることを目的とし鍛造された殺傷剣でございまする。婚儀のお祝いには不適かと思いまして、差し出がましく申し上げに参りましたる次第」

「いや、実を言えば儂もその点が、いささか気にはなっていたのじゃが……しかし、まれに見る名刀なのでな」

「私の父、対馬守隆房は自らの手で短刀脇差をつくり上げることにも熱心で、その鍛造の業を余すところなく対馬屋作造に伝承致しております」

「それは知らなんだ。対馬守隆房様は短刀脇差まで自ら手がけておられたのか」

「とは申せ、鍛えに鍛えた業物を僅かに五振り世に残したに過ぎませぬ。その内の二振りは私が保存致しており、残りの三振りは柳生宗冬様、辻月丹資茂様（無外流開祖）、矢辺伊豆守高信様（鹿島小太刀神刀流開祖）のお三人に贈られました」

「さすが、いずれも大剣客じゃな」

「父がなす短刀脇差の鍛造の精神は〝和〟でござりました。そこでお殿様、私が所持致しておりまする『仁』『律』の二振りの短刀の内……」

と、宗次は宙に仁・律の二文字を書いて見せながら、

「……『仁』を是非とも若様にお贈りさせて戴きたいのでありまするが、如何でございましょうか。むろん、父隆房の刻印は入っておりまする」

「おう、なんという素晴らしい申し出ぞ。対馬守隆房様ご鍛造の『仁』なる業物を、倅に贈ってくれると言うか」

「はい」

「これほど喜ばしい事はない。大剣聖の〝和〟の精神で鍛造された『仁』こそ、婚儀を控えた倅にとっては何よりの祝いの品。この津木谷家六五〇〇石の家宝として末代まで大事に致すことを固く約束致そう」

「それでは雷光国は、私の方から対馬屋へ、なかった事にするよう告げておきまする。内金もすぐに戻させましょう。それで宜しゅうございまするか」

「異存ない。嬉しいぞ宗次……構わぬな、今迄通り〝宗次〟で」

「構いやせんとも。今迄通りでいておくんない、お殿様」

ガラリと口調を変えた宗次に、能登守が「愉快じゃ」と手をひと叩きして高笑いした。

そこへ御女中二人を従えた咲江が、自らも三本の大徳利と盃をのせた盆を手にして座敷に入ってきた。

「おやおや、お殿様。宗次殿の楽しいお話を独り占めなさらず、私もお仲間に入れて下さいませよ」

宗次は素早く腰を上げると、奥方に近付いて盆を受け取った。

「このように重い物をお持ちになっちゃあいけやせん。いま暫くは御用心なさいやせんと」

「もう大丈夫ですよ。宗次殿は清之助よりも私に口うるさいのですね。一体どちらが我が息子なのかしら……うふふっ」

含み笑いを漏らして、能登守のそばに腰を下ろす咲江だった。

宗次が、にが笑い。

御女中たちによって、酒の肴が文机の上に並べられた。

「まだ日が高い内に飲む酒も、たまにはいい。どうじゃ、今日は久し振りに奥もひと口ふた口飲んで見るか」

「ま、うれしい。宜しいのですね」

「宜しいだろう宗次。宜しいと言うてやってくれ」

そう言って破顔する能登守であった。

「まずは息子殿。どうぞ……」

口元をほころばせた奥方咲江が涼しい目で宗次を捉え、徳利を差し出した。

三十一

「とにかく北町奉行所のお役目のため命を張り続けやす。自分の視野を広げる意味に於いても、一度この私に御文庫の中というものを勉強させて下さいやせんか。決して御迷惑はお掛け致しやせん」

「散らかっていたり、ほこりをかぶっている書類が目立っているのでな。それを整理してくれたり、小綺麗にしてくれるなら私の一存で一刻ぐらいなら御文庫へ入れてやってもいいぞ」

同心島根弥市郎の許しを得て御文庫に入った春日町の平造親分が、硬い表情で北町奉行所をあとにしたとき日は沈みかけていた。幸い空には白っぽい丸い月が出ていたから江戸名物の〝大闇〟は救われそうだ。

北町奉行所から鎌倉河岸の八軒長屋までは遠くない。

北町奉行所を出て外堀に架かった呉服橋を渡り、そのまま堀に沿って神田橋御門方向へ走れば幾らも行かない内に八軒長屋だ。

平造親分は何気ない足取りで呉服橋を渡り終えると、一気に駈け出した。

ついでだからと、先ず居酒屋「しのぶ」を覗いてみたが、宗次の姿はなかった。他の客の姿もこの刻限、まだチラホラだ。大勢の客で混み合うには、もう少し刻を待たねばならない。

留守でありませんように、と願いながら八軒長屋の溝板を踏み鳴らして、宗次の家の前に立った平造だが表口の障子は暗かった。

念のため腰高障子を開けて「宗次先生よ」と声をかけたが、返事のあろう筈がない。

「くそっ」と表通りへ戻った平造は右を見、左を見て地団太踏んだ。

その様子を、「しのぶ」に入りかけた足を止めて、怪訝そうに眺める者があった。勝村勇之助である。神田向福寺旧本堂の手習塾で一日の授業を終え、これから軽く一杯楽しむつもりなのであろうか。

「仕方がねえ、待つか」と、平造は長屋口を潜って宗次の家の前まで行ったが、思い直して再び表通りまで戻った。

この時にはもう、勝村勇之助の姿は「しのぶ」へ入ったのか、通りからは消えていた。

「あら、平造親分じゃないの？」

不意に嗄（しわが）れ声をかけられて、平造は「しのぶ」の方へ顔を振った。

「しのぶ」の赤提灯（あかちょうちん）の前を足早に通り過ぎて、風呂桶を手にした小肥（こぶと）りな女が近付いてくる。

「お、チヨさんじゃねえか。風呂あがりかえ」

「まもなく泊まり仕事の亭主が帰ってくるんで、肌を清めておこうと思ってさ」

「すると今夜はお楽しみだねい」

「久し振りだから大声で泣いちゃうかも知れないよう親分。どうしよう」

「へっ、狭い家にゃあ子供もいるんだい。泣き声が出そうになったら、手拭（てぬぐ）い

を思いっ切り嚙んだりしてよう……なんて遊んでいる場合じゃねえんだ。おい
チヨさん、宗次先生の居所、判んねえか。家にはいねえんだが」
抑え気味な二人の声であったが、なにしろ静かな日暮れ刻(どき)の町である。する
すると四方へ響いていた。
「そういえば、今日は朝ご飯を届けたあとは姿を見かけないねえ」
「先生に大事なことを告げなきゃあなんねえんだ。大事なことをな。すまねえ
が先生が帰宅したら、安井稲荷(やすいいなり)神社の大鳥居そばにある煮売茶屋『安井亭』で
待っていると伝えてくんない」
「おや、そこの『しのぶ』じゃあ駄目なのかい」
「あの店は繁盛し過ぎて、とにかくうるさい。酒も料理も旨(うめ)えが、大事な打ち
合わせには向かねえよう」
「それほど大事な話なのかえ」
「ああ大事だ。緊急を要するぐれえ大事だ。俺の懐に入っている女の似顔絵の
件で、と伝えてくれりゃあ先生には直ぐ判らあ」
「女の似顔絵の件だね。判ったよ。赤い大鳥居そばの『安井亭』だね」

「そうそう赤い大鳥居そば。俺はゆっくりした足取りで向かうからよ、先生が帰ってきたら急ぎ追いかけてきて貰いてえ。急ぎな」

「うん。思い切り急ぐようにと言っとくから……」

「頼む」

「あいよ」

「久平旦那を大事にな」

「いつも宗次先生の次に大事にしてっから」

「なんてえバチ当たりだ。へん……」

平造はニヤリとした笑いを残して歩き出したが、すぐに硬い表情に取り憑かれていた。

町人長屋を右に見て三河町の通りをゆっくりとした足取りで暫く行った平造は、小旗本の屋敷の角を左へ折れた。彼方の正面に辻番所の薄明りが見えるこの通りは、右手も左手も武家屋敷の高い塀だった。

平造は、安井稲荷神社への近道を選んだのだ。

この選択が、恐るべき結果につながるなど、このときは予想もしていなかった平造である。

体格に恵まれ、度胸も腕力もあって十手術・捕り縄術を心得る平造には、東西南北勝手知ったる江戸の町で怖い所など何処にも無かった。

日はすでに沈み、江戸名物の〝大闇（おおやみ）〟が訪れていたが、しかし今宵は幸い夜空に大きな月があって、平造の足元を助けている。

「や、これは親分さん。遅くまでご苦労さんで」

辻番所の前まで来た平造に、小窓障子を開けて顔を覗かせた老爺が、ひょいと頭を下げた。

「なあに、まだ宵の口でえ。爺（じ）っつぁんも気い付けてな」

平造は軽く手を上げて見せ、辻番所の前をゆっくりと通り過ぎた。

辻番所は町人の住居（すまい）が鼻先を突き合わせて密集している街区には先ず無い。

設けられているのは、夜になると人通りがぱったりと絶える大名旗本の街区で、一手持（いってもち）辻番（大名家が一家で設けた辻番）と寄合辻番（大名家・旗本家により共同で設けられた辻番）の二通りがあった。

一手持辻番の番人はその大名家に仕（つか）える小者・中間（ちゅうげん）あるいは下士による交

代であったが、面倒がって番人不在が少なくなかった。上司に気付かれぬようにして。

　寄合辻番も設けられたはじめの内は採用された屈強の若い者（もん）が詰めたりしていたが、これも次第に厭（あ）きられ、老爺などに取って代わるようになっていた。

　辻番所が設けられる位置は、主に通りが真っ直ぐに見通せる位置、もしくは通りの角、である。夜になると人通りが絶える大名旗本の街区であるから、残忍非道の凶賊集団が跋扈（ばっこ）すれば、番人だって怖い。安い給金でバッサリやられたら堪（たま）ったもんではない、という思いはおそらく番人の誰にもあったであろう。

　平造は三か所の辻番所を行き過ぎたが、うち二か所が明りを消し、中に人がいる気配はなかった。

「くそっ、世の中、ゆるんでやがるぜ」

　呟いて舌を打ち鳴らした平造の足が、ふっと止まった。

　振り向いた平造の目に入ったのは、左手の屋敷の塀からひょいと飛び下りた野良猫が月明りの下（もと）、平造の方を一瞥（いちべつ）して軽軽と右側の塀の上に飛び乗った光景だった。

チッと、もう一度舌を打ち鳴らして平造は歩き出した。

だが幾らも行かぬ内に、またしても平造は歩みを休めて振り向いた。

が、野良猫はすでに姿を消し、月明りの下に確かめられるのは武家屋敷の高い土塀と、柳の老木が一本立っているだけの「足音通り」だけだった。

「足音通り」とは町人たちが勝手に名付けたものだ。夜になると足音、とくに急ぎの足音が通りを挟む塀のせいでヒタッヒタッと薄気味悪く鳴り響くところから名付けられた。女の幽霊が出るらしい、という土産も加わったりして、町人たちは夜には滅多にこの通りを利用しない。

平造は首の後ろに手を当てながら、自分が歩いてきた通りの向こうを、目を細めるようにして透かし見た。しかし、人も犬も猫も見当たらない。

「なんでえ、この首すじに触れる気色の悪さは……」

ぶつぶつと言いながら、平造は歩き出した。「足音通り」を気味悪がるような平造ではなかった。平造くらいの辣腕目明しともなると、嗅覚もかなり鋭くなる。

平造は背後に何か、ただならぬものを感じたのであろうか。

「足音通り」を抜けた平造を、火除け広場が迎えた。広場とは言ってもよく整備された竹林だ。明暦の大火以降、幕府はこのような火除け広場を設けることに熱心になっている。

火除け広場の向こうには、大外濠川（神田川）が流れており、夜の静けさが手伝ってサラサラサラという流れの音が平造の耳にまで届いた。「安井亭」はその流れの直ぐ向こうだ。

平造は当たり前のような足取りで火除け広場に入っていった。十手の務めが有る無しにかかわらず、日常的に往き来している竹林であった。夜とはいえ、なんの抵抗もこだわりもない平造だ。

よく整備された竹林であったから、月明りは竹の枝葉を通して、平造の足元に点点とこぼれている。

竹林の中ほどまで来たであろうか。足を止めることなく、いきなり振り返った平造が、同時に腰帯に差し通した房付き十手を抜き放った。

なんという事であろうか……いつの間にそこに……。

「誰でえ、手前は」

と、野太い声で平造は凄んだ。貫禄充分な凄みであった。
七、八間と離れていないそこ、見事に幹太く育った青竹を背にして、黒っぽい着流しに黒っぽい覆面の小柄な二本差しが立っていた。
そいつの人影は平造の方へ伸びていて、つまり計算したかのように月明りを背負っており、覆面で隠した顔は一層のこと黒く塗り潰されている。

「俺は春日町の平造ってえ者だ。人違いなら、まだ見逃してやるぜ」

「………」

「返事がねえところを見ると、俺が狙いかえ」

「………」

「さては手前、『室邦屋』へ押し入った賊の片割れだな」

言い放って平造は雪駄を脱ぎ捨て、十手を相手に向け腰を沈めた。戦国の頃から野戦術の一つとして伝わってきた「早野流十手術」にかけては、北町の筆頭同心飯田次五郎も一目置いている平造である。

無言の相手がチリチリチリと微かに鞘を鳴らして、刃を抜き下げた。右片手である。しかも突っ立ったまま身構えようともしない。

「野郎、なめやがって……」

平造の足先が、竹の落葉をかき分けるようにして、そ奴の方へそろりと向かった。

三十二

「いひひひっ」

月を背にそいつは笑った。平造の耳に届くか届かないかくらいの不気味な低い笑い声だった。しかも、小刻みに肩を震わせて。

そいつに迫ろうとした平造の勇気が、その笑い声で思わず抑え込まれた。平造ほどの辣腕者の勇気が。

平造は退がり気味に左へそろりと回り込もうとした。退がる言い訳のために左へ回ろうとしているのではなかった。己れが左へ回り込むことにより、そいつが誘われるようにして幾分でも体を右へ揺り動かせば、「月明りで顔が確かめられる」という計算があった。

ジリジリと平造は十手を持つ掌に汗を感じながら移動した。だが、右手に刀を引っ下げたままのそいつは、全く動く気配を見せない。つまり平造が移動していなくなったその位置――元の位置――へ黒く塗り潰された顔を真っ直ぐに向けたまま、身じろぎ一つしなかった。

「やい、手前……」

と、平造は動きを止め、張りのある渋い声で鋭く相手を威嚇した。威嚇により、相手から何が返ってくるかの予測は出来ていなかった。が、ほとんど反射的に、相手は反応した。

「懐のものを……」

差し出せ、と言わんばかりに相手が左手をゆっくりと前に出した。平造がいない元の位置へ、左手を差し出した。平造が其処に居ようが居まいが関係ない、といったようなユラリとした薄気味悪い手の差し出し様だった。亡霊のように。

（な、なんだ。こいつぁ……）

平造の背中を己れの声なき叫びと共に、悪寒が音立てて走った。

「出せ、懐のものを……ひひひひっ」

平造の姿が不在の位置に向けて、そ奴は喉の中で小鈴をころがすようにして笑った。

たまらず平造は、一足飛びに元の位置へ戻った。竹の枝葉の間から漏れた月明りをまともに浴びた平造の顔面は、唇を歪め眦を吊り上げていた。

「何を出せと言いやがるんでえ、この野郎」

「静かに……」

「なんだとう」

「夜は騒ぐもんではない。静かに」

「ふざけるねえ。懐のもんが欲しけりゃあ、面あ見せて何処其処の何様だと名乗りやがれい」

平造には、相手の狙いが何であるか、既に判っていた。天才浮世絵師宗次が描いた、あの三枚の似顔絵――人相書――である。

そうと判ったから平造は、続けざまに生唾を飲み込んでいた。

ええ事になってきやがったい、十手を相手に向けて身構えながらそう思った平造の両膝が、ぶるっと大きくひと震えした。

が、怯んで沈み込んでしまうような平造ではなかった。両の肩を左右に揺さぶって勇気を奮い立たせた平造は、十手を正眼に、一気に相手に迫った。

（やられてたまるけえっ……）

胸の内での叫びが、平造の背中を押していた。

相手が大上段に振りかぶり、ぐいっと一歩前に出る。

それでも平造の勢いは衰えない。これが「度胸の親分」として町衆に知られている目明し平造であった。

相手の刀の切っ先に「全て」を集中させる平造。

「うひひひっ」

相手は尚も小鈴をころがしたように笑いながら、大上段から激しく刀を打ち下ろした。月明りを浴び、刃がギラリと光る。

「なんの……」

平造の十手が刃を受け、この時のために鍛え抜いてきた右手首の筋肉が、渾身の力で十手をひねった。

当たり前の相手なら、ここで平造の十手に、刀を瞬時に奪られている筈であった。

しかし、平造の十手は空しく空転した。そのため平造の上体が小さく前のめりに左へ沈みかける。

「ふおっふおっ」

相手はさながら巫山戯ているかのような奇声を発し、けれども空気を切り鳴らして平造の右脇腹へ刃を叩き込んだ。打ち込む、というような生易しいものではなかった。叩き込まれた、と平造が感じる程に凄まじい相手の打撃力だった。

辛うじて十手で受けた平造であったが、耐えられずにガクンと左膝を折った。折ったが辣腕の平造であった。度胸の親分であった。十手持つ右の手首を左手でがっしりと助けていた。気が遠くなりそうな腕力を手首に集中させ、刀も折れよとばかりに十手をひねる。おんのれがあっとばかりに、ひねる。

相手が、刀を引いた。

しかし抜けない。これが早野流十手術の本領であった。そして醍醐味でもあった。十手が刀身を「噛んで」いた。

相手がまた、腰を退げ刀を引いた。もう一度、引いた。

やはり抜けない。抜けないかわりに平造が引き寄せられ、双方の顔面が触れ合わんばかりになる。

ついに平造は、相手の顔を見た。相手は黒覆面で顔半分つまり片目を隠していた。

(な、なんでえ。この野郎の覆面……)

そう思った平造の〝気〟が一瞬だが緩む。

相手が力まかせに刀身を大きく跳ね上げ、早野流十手術から逃れた。

「しまった」

と漏らしざま十手構えを立て直そうとした平造であったが、すでに遅かった。

稲妻のようなものが、恐ろしい速さで自分の眉間に突きかかってくるのが、鮮明に目の奥に飛び込んできた。

（だめだ……）と、平造は目を閉じた。閉じる他ない稲妻様の猛烈な速さだった。

覚悟が、先走っていた。

と、ガチッという鈍い音が顔の直前で生じた。目を閉じてはいたが、そうと判った。先走った覚悟で目を閉じた瞬間の事だった。

平造は目をあけた。眉間に突きかかってくる稲妻様のものは消えていた。いや、それだけではなかった。覆面の刺客も、目の前から消えていた。正確に言えば、その後ろ姿が竹林の向こうに消えるところであった。その尋常ではない速さに、平造は唖然となった。

「大丈夫ですかい」

不意に左手の方角から声があって、平造は素早く体の向きを変えて腰を沈め、房付き十手を構え直した。心臓が高鳴っていた。

「おう、宗次先生じゃねえですかい」

言ったあと、両膝から力が脱けていくのを感じる平造だった。

（神も仏もあるぜい……）と、思わず平造の口から大きな溜息が出た。

誰が現われてくれてもよかった。女でも子供でもよかった。それがオレ、オマエの間柄と思っている宗次であったから、平造の安堵は小さくなかった。

だからといって、宗次の揚真流の凄腕を知っている平造ではない。

「怪我は？」と近付いてくる宗次に、平造は首を横に振って見せた。

「よく来てくれた。小柄だが恐ろしい奴だったぜい。まだ寒気がしやがらあ」

「親分を狙って？」

「そうよ。懐の人相書を遣せ、とぬかしやがった。先生が描いた人相書をよ」

と言いながら、平造は十手を帯に差し戻した。

「その人相書が親分の懐にあるってえことを、そ奴はなぜ知ってやがったんで？」

「知るかよ、そんなこと」

「で、相手の顔をはっきりと見やしたかい」

「覆面をしてやがったじゃねえか。それも片目を隠した妙な覆面をな」

「片方の目に何ぞ特徴があって、それを隠したのですかねい」

「さあな……判らねえ。それにしても、ガチッという鈍い音がしたと思ったら、相手は風のように俺の目の前から消えていやがった。あの鈍い音は一体（いってえ）……」

「ああ、それですかい」と、宗次は腰を深くかがめて、木洩れ月（こもれづき）で明るい足元を見まわした。

「おっと、ありやした……これ」と、宗次が平造に差し出したのは拳大の石と、刀の切っ先の破片と判る長さ一寸半程のものだった。木洩れ月を受けて光っている。

二つを受け取って平造は見比べた。

「間に合わねえ、と思ったんでね親分、咄嗟（とっさ）にその石礫（いしつぶて）を投げたんでさあ」

「先生が？」

「へい。紛（まぐ）れとは怖（こえ）えもんで、そしたら当たりやがったい。親分の眉間を今まさに抉（えぐ）ろうとしていた野郎の刀の切っ先にね」

「き、切っ先にだとう」

「さいです。で、切っ先がそれその通り欠け落ちやした」

「先生、お前（めえ）……紛（まぐ）れじゃあなくて、狙って投げたんじゃねえのか」

「ご冗談を。七、八間も先から刀の切っ先を狙って石礫を投げたって、当たるもんじゃございません」

「逆だぜ先生よ」と言いながら、平造は手にした切っ先の破片を顔に近付けて眺めた。

「え？」

「七、八間も離れたところから投げたって、とてもじゃねえが紛れじゃあ切っ先に当たりなんぞしねえやな。だが、修練に修練を積み上げた人物なら……」

「親分、無茶を言うのは止しにして下せえ。毎日絵を描く事に振り回されている私にゃあ、石礫を投げる修練を積み上げる暇なんてありやせんぜ」

「ま、石礫がどうのこうのは、もういいやな。とにかく助かったい先生。命の恩人だ。ありがとうよ」

「本当に、よござんした」

「ところでな先生、この人相書だが……」

と言いながら懐から三枚の人相書を取り出す平造だった。

「何か判りやしたね。チヨさんの伝言が、そのような印象でやしたが」

「大変なことが判ったんで、儂もびっくりしてるんだ。おい、先生よ。この人相書の女は一体、何処の誰なんでい。先ず、それを教えてくんねえ」

「親分、申し訳ございせんが、それについては後回しにしてくんない。判った大変なこと、ってえのを先にお聞かせ下さいやすと、この似顔絵を描いた者として有り難いのですがねい」

「うむ……よっしゃ、じゃあ話そうかい。この人相書の女はな先生よ。主に京、大坂、名古屋を荒らし回っている女盗賊団『大奥』の頭寄子四十九歳で、一昨年の春に各地へ御手配書が回っているんだが、いまだ行方が摑めていねえんだ」

「女盗賊団『大奥』の頭寄子ですってい？……」

と、さしもの宗次も驚いた。はじめて耳にする女盗賊団の名でもあった。

「おうよ。この女盗賊団が大変な美形揃いらしくってよう、なかでも頭の寄子がとても四十九歳にゃあ見えねえ妖艶この上もなき美人というじゃあねえか」

「ちょ、ちょっと待ってくんない平造親分」

「なんでえ。正体が判って、少しはうろたえたかえ」

「いやなに、驚いても、うろたえなどしやせんが、寄子とかの四十九だという年齢(とし)がちょいと腑(ふ)に落ちねえや」

「まあまあ最後まで儂の話を聞きねえ先生。この女盗賊団『大奥』だがよ、数の力を頼りに刃物を持っての押し込み強盗なんてえ荒っぽい事はしねえんだ。なにしろ美形揃いときているから、それを武器にあらゆる機会を狙って大名家要人たちや大店(おおだな)の主人(あるじ)に近付いて誑(たら)し込み、金蔵の鍵型を粘土や蜜蠟(みつろう)に正確に写し取ってそれを仲間に手渡すってえ寸法だ」

「なるほど。とくに珍しくもねえ、よくある手でござんすが……」

「確かに裏社会じゃあ珍しい手ではねえわさ。それでな、後日、誑(たら)し込み役が、引き込み役に変じて仲間たちを邸内へ侵入させ、金蔵から千両箱を奪って、引き込み役と共にドロンという訳だ」

「ですが親分、千両箱は六貫匁(かんめ)以上もあって、大(だい)の男にとってさえかなりの重さになりやす。女手にゃあ、千両箱が四つも五つもとなると相当に辛(つら)い仕事だ」

「その通りだい。だからよ、『大奥』は決して欲を張らねえらしいんだ。奪うのは原則として千両箱か五百両箱を一つ。するとな、金蔵の状態（財務状態）に優れる大名家や大店ともなると、五百や千両の箱一つくれえの消滅にゃあ暫く気付かねえことがあるらしくてよ」

「あ、なある……それは確かにその通りかも知れやせん」

「金の入った箱が一つ足らねえと気付いて大騒ぎとなる頃にゃあ、『大奥』の美形たちゃあ遠く離れた地で尻をペンペンと叩き、赤い舌をペロリだ」

「違(ちげ)えねえ。小憎らしい美形どもでござんすね」

「おっと先生。こんな竹林で向き合っていても仕方がねえやな。濠川(ほりかわ)向こうの『安井亭』へ急ぎやせんかい。一杯やりましょうや」

「いいですねい」

二人は頷き合って歩き出した。

「で親分、寄子とかいう賊頭(ぞくがしら)の年齢(とし)でござんすが……」

「おうっと、それよ先生。驚くんじゃねえぜ。その寄子だが、不良女どもが屯(たむろ)する裏社会じゃあ〝千変万化の寄子〟で知られているらしくってよう……」

「千変万化の寄子う?……」

「上は七、八十歳から下は二十歳（はたち）前後まで、自在に化けることにかけては天才的だというんだ」

「な、なんですってい」

「つまりよ、先生が描いた三枚の人相書の内、これが最も御手配書に描かれた顔に近いってえ訳だ」

　そう言いながら平造が宗次に手渡したのは、年寄りのでも二十代のでもない、四十代の「勝村多代の顔」であった。

　宗次は驚きを抑えつつその似顔絵を丁寧に二つ折りし、懐へ収めた。

　平造の報告から受けた衝撃は、強烈だった。

　数十という年齢幅を自在に化けることが出来るなど、さしもの宗次も予想だにしていなかった。

「さて、そこでこの女の素姓だが先生よ」

「親分、申し訳ねえがあと一日か二日、誰にも言わずに待って戴きとうござんす。私（あっし）の描いた似顔絵が女盗賊の頭（かしら）に瓜二つとなると、私（あっし）なりに幾つもの点について慎重に確かめねばなりやせん。瓜二つ、というだけじゃあ決め手にはなりやせんからねい。そうでござんしょ」

「う、うむ……まあなあ」

「きちんとした報告を、必ず致しやす。今夜、只今から私(あっし)は動きやす。そいじゃ親分、ご免なすって」

言うなり宗次は身を翻(ひるがえ)した。

「お、おい、待ちねえ……待ちねえ先生よ」

平造は何歩かを追ったが、直ぐに諦めた。走ることにかけては自信がある平造も、あきれるばかりの宗次の〝俊足〟であった。

平造は小さく舌を打ち鳴らして暫くその場に突っ立っていたが、やがて「仕様がねえ……しっかりと口を閉じて待つとするかあ」と漏らして歩き出した。

三十三

宗次は夜空を見上げて柳の木の下に佇(たたず)んでいた。

何かを待ち構えているような、様子であった。

半町ばかり先に勝村勇之助・多代の母子が住む猫長屋が見えている。

夜空には、雲が東から西に向かって流れていた。

その雲が月に触れ、たちまち江戸の大地に名物の〝大闇〟が訪れた。

柳の木の下から出た宗次は、〝大闇〟に体を溶かして猫長屋に向かった。闇は宗次にとって、なんの苦にもならない。

猫長屋そば大銀杏の下まで来た宗次は足を止め、ひとり小さく頷いて見せると、足音を忍ばせるようにして長屋口を入った。そして溝板を踏み鳴らさぬように気を配って長屋路地をそろりと進み、勝村勇之助の住居の手前で立ち止まる。

この刻限になると、鰯油を点す余裕もない貧乏長屋の住人たちは、やる事が殆どない。

真っ暗な部屋の中で仕方なく「眠る」か女房さんと「睦事を交わす」かだ。

その証拠に、耳を澄ますまでもなく、表口の破れ障子の向こうから高鼾や、濡れ喘ぎが漏れ伝わってくる。いつものありふれた夜の光景で、誰も気にしない。

宗次は懐から二つ折りにした「四十代の多代」の似顔絵を取り出すと、そろりと勝村勇之助の住居に近付いた。己れの気配を絶つため、すでに呼吸は止めている。

表口の腰高障子の左脇には、閉じられた小さな格子窓がある。

その格子窓の前で、宗次は静かに呼吸を甦らせつつ、全身をやわらかくしていった。

表口の腰高障子が仄明るいのは、勝村勇之助の住居だけだ。

宗次は格子窓に左手の人差し指を触れ、そのまま指先に神経を集中させた。

僅かな音を立ててもならなかった。

指先に力が加わって、微かな隙間が空く。

宗次は再び呼吸を止め、その隙間へ用心深く片目を近付けていった。

勇之助が優しく母多代の肩を揉んでいる光景が、脳裏に浮かんだが、それはほんの一瞬のことであった。打ち消されるように、その光景は沈んでいた。

薄明るい内部を視力に優れる宗次の目が認めた。

しかし、人の姿を捉えることは出来なかった。汚れと傷みの目立つ古い半双の小屏風が、宗次の視界を遮っていた。

と、小屏風が僅かにだが揺れ動いた。何かが接触して動いたような感じであった。

（いるな……屏風の向こうに）

宗次は胸の内で呟き、確信した。はて？……と小首を傾げたくなるのは、汚れた古い小屏風の存在であった。これ迄にも部屋の片隅に折りたたまれて立てかけられていたのかも知れないが、宗次の目にとまったのは今夜がはじめてだ。

また小屏風が揺れた。今度は（足で蹴られたか……）と想像できる、はじめよりも大きな揺れだった。

じっと見続ける宗次を、やがて衝撃が見舞った。

乱れ髪の女が、裸のまま屏風の向こうでゆらりと立ち上がったのだ。

けだるそうな、立ち上がり様だった。

（なんと……）

宗次は、茫然とならざるを得なかった。女の顔は宗次が知っている勝村勇之助の母多代の〝面影(おもかげ)〟をはっきりと残してはいたが、老婆ではなかった。四十代の顔立ちにも三十代の顔立ちにも見える。それに屛風の上でわさっとひと揺れした乳房の豊かさ妖しさは、女体を描くことで見馴れている宗次も思わず息をのむほどだった。

（あれが女盗賊団『大奥』の頭(かしら)、寄子だというのか……）

すげえ、と宗次は思った。浮世絵師としての〝すげえ〟だった。描いてみたい、という気持が少し頭を持ち上げていた。

屛風の上に、男のものと判る二本の腕が伸びて、女の腰に絡むや引き下ろし、女が姿を消した。

勝村勇之助の腕に相違なかった。

（とんだ母子(おやこ)があったもんだい。それにしても……）

寄子とかいう女賊の化け方、演技力は役者そこのけである、と宗次は舌を巻いた。なにしろ、間近に接しておきながら見抜けなかったのだ。宗次ほどの文武の達者が……。しかも女を描くことにかけては、筆力、眼力に於いて今や並ぶ者がない、と言われている宗次がである。

（今度ばかりは参ったね、宗次さんよ……）

自分にそう言って聞かせながら宗次は右手にしていた二つ折りの似顔絵を格子の隙間に差し込み、指先でそろりと押した。

半開きにひらひらと舞って土間に落ちた似顔絵が、パサッと微かな音を立て再び二つ折りとなる。

宗次は格子窓から離れ、猫長屋をあとにした。次の行き先はすでに決めてある。

浅草の刀屋「対馬屋」を訪ね、作造が眠っていたならば叩き起こしてでも近接戦闘用の名刀雷光国（らいみつくに）を手に入れ、「夢座敷」にいるであろう冬に今夜中にも手渡す積もりだった。

宗次は、大江戸の夜を走り出した。鍛え抜かれた宗次の足にとっては、「対馬屋」までは何てことのない距離だ。

（さあて、丁と出るか半と出るか）

そう思いながら宗次は走り続けた。似顔絵を格子窓の向こうへ差し落としたのには、宗次なりの計算があった。土間に落ちたその似顔絵に気付いた寄子と勝村勇之助がどのような行動に打って出るかである。

猫長屋を出て、江戸の外へ向け逃走を図（はか）るか、それとも江戸の裏社会へ息を殺して潜伏するか。いわば「選択」のための大胆な〝刺激〟を投じた宗次であった。

たとえどちらであっても、宗次には打つ手があった。南北両奉行所には知己（ちき）が多く、したがって寄子と勇之助が江戸の外へ向け逃走を図ったとしても速やかな手配りを張り巡らすことは可能だった。また裏社会に潜んだとしても、浅草の新紋丁子やその兄で品川は大崎一家の大親分文助などから、情報を得ることが出来る。

「ふん、善人面（づら）しやがって何が母親想いの勝村勇之助だい……そろそろ正体をあらわしやがれい」

呟き、夜を突っ切るようにして一層のこと足を速める宗次であった。

その宗次に、天は味方していた。夜を通してただれた睦事（むつごと）に感極まり、呻（うめ）きに呻き悶（もだ）えに悶え続けた寄子と勇之助は、朝陽（あさひ）が障子を染めるまで土間に落ちている似顔絵に気付かなかったのである。

それに気付いたのは寄子より先に床(とこ)を離れて、井戸端へ顔を洗いに行こうとした勝村勇之助だった。

このとき庭との間を仕切っている障子に当たる朝陽は、すでに目に痛いほど眩しかった。

「ん、なんだあ……これは」

表口の腰高障子に触れかけた手を引っ込めて呟いた勇之助は、落ちている二つ折りの似顔絵に近付いていった。〝なんだあ〟という言葉の響きが下卑(げび)た感じで、手習塾の先生らしくない。

「どしたんだえ。お前さん」

小屛風の向こうで女の澄んだ綺麗な声がした。

この声を耳にしていたなら、宗次はまた驚いた筈であった。宗次が知っている声は、しわがれた年寄り声であったから。煙草(たばこ)で声帯(のど)をやられたような。

女の問いに答えず、勇之助は二つ折りの紙を拾い上げ、そして開いた。

「こ、これは……」

くわっと目を大きく見開いた勇之助だった。

「どしたのさあ、ゆうさん」

小屏風の向こうで女が立ち上がった。老婆であった。勇之助の母多代であった。完璧な余りにも見事な、寄子の変身であった。

しかも多代が、いや寄子が口にしたのは「ゆうさん」であった。そのなれなれしさは二人の間が、相当に前から、と窺わせるに充分だった。

「そのゆうさんは此処では止せってのに」

勇之助が顔をしかめ、小声で言いながら土間から上がり框へと戻った。

「どうやらお前の素顔、露見したようだな」と、さらに声を低くする勇之助だった。

「えっ」

「こいつを見ろ」

勇之助が小屏風の向こうへ、似顔絵を差し出した。

受け取って眺めた老婆——寄子——の表情が、みるみる険しくなっていく。

「一体誰がこれを描きやがったんだろ」と、老婆は口元を歪めた。

「相当に手馴れた筆法で描かれていると判るが、見逃せないのは何者かがその絵を、この家に投げ込んだという事実の方だ」

「じゃあ、このボロ家に住む老婆の素顔がこの似顔絵だと判っていて投げ込んだというんだね」と、老婆の声も囁き声になっていった。

「当然、そう考える必要がある。役人すじの人相書を描く奴によるもんなら大変だ。まさかお前、化けるのが面倒になって、素顔で外を歩き回ったりしているんじゃないだろうな」

「それは絶対にないよう。まだまだ捕まりたくはないからねえ。それに自慢のこの体と妖しさで、江戸の大店の主人や大名旗本の殿様どもを狙って、ばりばり稼ぎたいから」

「が、こいつぁまずい」と、勇之助は老婆が手にする絵を、顎の先で小さくしゃくって見せた。

「素顔が知れたということは、正体がバレたと思っていい。お前の正体がな」

「女賊の頭寄子としての正体がバレたんなら、此処にこうしてはおれない」

「仲間の女たちは、江戸の一体何処に散らばっているんだ。手下のことを話すについては、いやに口が重いお前だが、そろそろ打ち明けてくれてもよさそうなもんだ。俺たちは溶けるほど熱い仲ではないか」

「江戸への道中でお前さんという人と知り合い、好いて好かれた激しい仲になってしまったけれど、手下の事となれば話は別だよ。寄子としての私の仕事は、お前さんには関係のないことだ。逆に、お前さんが毎日外で為している事に、私は関心を持たないようにしてきたし、かかわりもしていない」

「それについちゃあ、有り難いとは思っているが」

「私はお前さんと、ただれた熱い熱い仲であれば、それでいいんだよ。〝女賊の頭寄子〟の部分は惚れた弱味でチョイと打ち明けてしまったけれど、それ以上深く立ち入ってくるというんなら……」

「どうするというんだ」

「別れる、いや、お前さんを捨てるさ。惜しいけれどね」

「そう冷たいことを言うな。俺はお前に心底から惚れ込んでしまっているんだ」

「私は直ぐにも着のみ着のままで、この貧乏長屋を出るけど、お前さん一緒に来るかえ」

「むろんだ。出る」

「じゃあ、付かず離れずに、ついて来ておくれ。私が大通りに出た場合は、半町ばかり間を空けた方がいいね」

「判った」

「お金は？」

「この前にお前から貰った五両が、まだ手付かずだ」

「じゃあこれ、何かの備えで持っとくといいよ」

老婆は似顔絵を二つ折りにすると、袂から取り出した二十五両の包みを二つ折りの上にのせて、勇之助に差し出した。

「いつも、すまぬな」

「ふふふっ、はじめてだね。すまぬ、と私に向かって言ってくれたのは」

「それよりも早く仕度を……」

「仕度なんざ、いらないよ」

老婆はそう言い言い小屏風の外へ出てくると、勇之助の脇をするりと抜けて土間に下り、表口の腰高障子を細目に開けた。

「幸い、長屋の者は誰もいないよ。井戸端話はお休みのようだ」

「急ぐんだ」

「あいよ。慌てないで、ついて来ておくれ。少し間を空けてね」

「心得ている」

「じゃあね……」と、老婆は外へ出ると、腰を深く曲げて弱者を演じ静かに表障子を閉じた。

その一瞬であった。老婆の目がギラリと凄みを放ったのは。

空には雲ひとつ無く、快晴の朝であった。

三十四

八軒長屋の長屋口は鎌倉河岸つまり濠端(ほりばた)通りに面して南向きだが、北を向いている猫長屋の長屋口は東西に走る三河町下通(しもどお)りを挟んで古着屋と向き合っていた。その古着屋の脇に〝神田名主(なぬし)〟と名付けられている樹齢が判らぬくらいの銀杏（いちょう）の巨木が一本、枝を大きく広げて聳（そび）えている。

銀杏が日本へ渡来したのは鎌倉時代初期とも中期とも言われているが、その当時からこの銀杏は此処にあったというのだろうか。当時、「江戸」は事実上、影も形も無かった筈なのだが……。

いずれにしろ、その銀杏の巨木の陰に今、然り気なく身を隠すようにして佇（たたず）んでいる男女の姿があった。

宗次と、宗次から粗方（あらかた）の説明を受けて納得した冬の二人である。今朝、日の出前から、二人の姿はこうして銀杏の陰にあった。

「宗次様、半東竜之介に似た勝村勇之助とやらは本当に出て参りましょうか。なんだか遅いような気が致しますけれど……」

「焦っちゃあいけねえ。私（あっし）が描いた似顔絵に驚いて、必ずあたふたと出てきやすよ。私（あっし）が此処（ここ）に来て直ぐに奴の部屋を覗いた時にゃあ、小屛風の向こうに二人の気配がまだしっかりとあった、と言ったじゃありやせんか。私（あっし）の目と言葉を信じなせえ」

そう言う宗次の声は、低く穏やかだった。

「も、申し訳ありません」

「昂る気持は判るが、奴、勝村勇之助が長屋口から出てきたなら、心を鎮めて、よっく眺めなせえよ。人違いなら大変なことになっちまう」

「は、はい……でも、私にとっては此処からだと少し間（距離）があり過ぎて」

「間？……お冬さん、もしかして霞目（近視）の質ですかい」

「ええ、軽いのですけれど……母もそうでしたから」

「軽いなら心配はいらねえ。目を細めたり開いたりして光が目に入るのを加減しながら、心気を研ぎ澄ましなせえ。それで、はっきりと見えやす」

「判りました」

と、冬は頷いた。「夢座敷」の女将幸に、日本橋の大店で見立てて貰った羽織を着ている冬だった。羽織の下の着物は襷掛けで、腰帯には侍が小刀を帯びるように、名刀雷光国を差し通している。

宗次はと言えば、煙管づくりの名人、神田甲州屋金三郎の手による総鋼製の長煙管を腰に帯びていた。三本つくって貰った内の二本は、これ迄に対決した手練たちによって、すでに断ち切られてしまっている。

残るは、この一本であった。

烏(からす)が、銀杏の上の方で「カアッ」と一声鳴く。

このとき、猫長屋の長屋口を注視していた宗次の口から「きた……」と小声が漏れて、前方を見たまま左手で冬を自分の背後へ押し込んだ。

冬はこのときになって、はじめて宗次の腕力の凄さに驚かされた。力んだ腕の動きではなかったのに一気に押し込まれてしまったのだ。

「見なせえ……」

宗次が囁きながら銀杏の〝背側〟へジリッと後(あと)ずさり、顎の先を小さくしゃくって見せた。

通りを右手から左手方向へと、杖をついた老婆がよたよたと歩いてゆく。

「あの老婆が、宗次先生が似顔絵になされた女賊の……」

冬がはじめて「宗次先生」を口にして囁いた。

「うん。頭(かしら)の寄子四十九歳だ」

「なんという変装の名人でしょう。老婆以外には見えません」

「半東竜之介かも知れねえ勝村勇之助は、あの女賊の頭と長屋暮らしをしていたという訳だ。手習塾の塾長をしながらな」

「男を虜（とりこ）にする四十九歳だ、と先生は仰っていましたが、とてもそうは見えません。あのような女（もの）に半東竜之介が溺（おぼ）れていたとは、情ない限りです」

「おっと、まだ半東竜之介かどうかは判らねえんだ。先走らないようにしなせえよ」

「大丈夫です、はい」

「きたっ……もう喋っちゃならねえ」

　宗次は冬を押し込むようにして更に銀杏の〝背側〟へと、後ずさった。このような時には、この上もなく有り難い銀杏の巨木だった。なにしろ地面に近い幹回りは、大の大人四人が両手を広げて、やっと手をつなげるかどうかだ。

　寄子との間を十間（けん）ばかり空け、銀杏に左横顔を向けて勝村勇之助がゆったりとした足取りで歩いていく。剣術が苦手な筈の勝村が、今日は二刀を帯びていた。

　宗次が姿勢を少し低くし、その左肩越しに冬は相手を見て目を少し細めた。

を見た。

（どうでえ？）

と、宗次が姿勢を下げたまま振り向き、背に殆どもたれかかっている冬の顔
冬が、しっかりと頷き返し、宗次が（よしっ）と頷きで応じた。

（間違いありません）

勝村勇之助が充分に遠ざかってから、宗次が言った。

「行きやすぜ。打ち合わせ通りにな」

「はい」

「相手はお冬さんの顔を今もよく知っている筈でしたねい」

「忘れていないと思います」

「じゃあ、二人揃って自然な俯き加減で歩くように致しやしょう」

頷き合った二人は銀杏の陰から通りへと出た。

冬が直ぐに甘えたような素振りで宗次と手をつないだが、俯き加減の表情は硬く青ざめていた。

「これではまずい」と宗次は思ったのであろう。冬に握られていた手を、自分

の方から握り返した。

「本気で私の女房になったつもりでいなせえ。本気で」

「……」

「それに笑みを、自然な笑みを忘れちゃあならねえ。相手はいつ振り向くか判らねえから亭主と楽しい散歩をしている風にな。なにしろお冬さんの笑顔はどきりとするほど綺麗なんだから」

「本当ですか」

「ああ、本当だ」

「でも私、先生の前で微笑んだことがありましたでしょうか」

「胸の内で微笑んだって、私には見えるんだい。とにかく、お冬さんには私が付いている。安心して、ゆったりと構えていなせえ」

「はい」

「幸いな事に、前を行く男と私は深い付き合いがねえ。私にお冬さんという美しい女房がいるかどうか知らねえ筈だから有り難え」

冬の頬にかすかに朱が戻って、唇には笑みが浮かんだ。

「それでいい」

宗次は優しく目を細め冬の手を、強く握りしめてやった。すると、冬が即座に握り返した。

宗次に「必ずそうして差しあげますように……」と強く勧めたのは、「夢座敷」の幸であった。

尾行は思いのほか順調であった。勝村勇之助は一度も立ち止まらなかったし振り向かなかった。

勇之助の前を行っているであろう女賊の頭寄子の姿は、宗次と冬の視野には入っていない。

後をつける者、つけられる者、たちまち町人が住む街区を抜けて、大小の武家屋敷が建ち並ぶ中へと入っていった。

「先生、女賊の頭の後ろ姿が全く見えませんけれど……」

冬が心配そうに囁いた。

「見なせえ。ときおり勝村勇之助の足元が慌てている。恐らくあれは、前を行く寄子が一直線に長く続く通りを避け、短い通りの角を計算したように素早く曲がって姿を消しているからに違いねえ」

「では、追いつけば宜しいのに」

「それを寄子に禁じられているんだろうよ。必ず一定の間を空けてついて来い、とねい」

「半東竜之介ほどの剣客が、女賊の頭の言いなりになるなど、なんだか変ですよ宗次先生」

「お冬さん。私は何度も言いやしたぜ。前を行く勝村勇之助が半東竜之介であると確定した訳じゃあねえと」

「は、はい。それは承知していますけれど……」

「おっと、見なせえ。勝村勇之助は大外濠川に架かった水道橋ってえ橋を渡るつもりだ」

「大外濠川と申せば先生……」

「うむ。神田川とも言いやしてね。ほれ、江戸で半東竜之介を見かけた本澤得次郎様とかの斬殺死体が浮かんだ川でござんすよ」

「ああ、あの川ですか……で、川向こうは？」

と、冬の目つきが険しくなる。

「御三家の水戸様や加賀藩前田様の目がくらむような大屋敷がありやすが、多くは幕府が明暦の大火後の復興政策で建てた中小の武家屋敷が、鼻を突き合わせ肩を寄せ合っている地区だあね。これに多数の小さな寺院が入りまじっているんで、尾行を続けるには、ちょいとばかし難儀だい」

「では先生、見失わぬ内に半東竜、いえ、勝村勇之助との間を詰めませぬと」

「そうするかい」

二人は勝村勇之助が水道橋を渡り切るのを見届けてから、足を速めた。

宗次と手をつないで水道橋を渡り終えた冬が、前方を行く勝村勇之助から視線をそらせて左手の方角を眺め、「まあ……」と呆れたように目を見張った。

「あれが水戸様の上屋敷だい」と、宗次の歩みも思わず緩んだ。

「驚きました。これ程の大きさとは……」

「尾張や紀州の江戸藩邸も大きいぜ。とにかく御三家さまさまだい。尾張と紀州の藩邸は此処からはだいぶと離れているがねい」

「見てみたいです」

「いいだろう。近い内に案内しやしょう」と、応じながら、宗次は勝村勇之助の後ろ姿を捉え続けた。

「でも江戸は立派な町並みに復興したのですね先生。未曽有（みぞう）の大火災から」

「もう二十数年も経っているんだい。復興して貰わなきゃあ困らあな。お冬さんは明暦の大火に詳しいのかえ」

「大火は私（わたくし）の生まれる前の惨事ですけれど、藩の女学校で学び知りました」

「藩の女学校？……はて、尾張にそのようなものが、ありやしたかねい」

「藩ご重役の奥方様たち有志が、藩士の若い娘たち相手に開いている躾（しつけ）塾です。書道、茶道、生け花とあり、時には儒学（じゅがく）道徳の講義もあったりして、娘たちは勝手に〝藩の女学校〟などと呼んでおりました」

「なるほど……おっといけねえ、奴が寺の山門を潜りやがった。急ごう」

「はい」

二人はつないでいた手をはなして、走り出した。

このとき宗次はわざと、一気にかなりの速さで走り出していた。

だが冬は着物を着ているというのに、宗次に遅れることなく軽軽とした感じで肩を並べるのだった。

(やはり、この冬という女……只者でない)

冬の足の速さに気付かぬ振りを装いながら、宗次は確信した。当たり前なら、着物が足に絡んで、そう速くは走れない。

この界隈は、平造親分の地元であった。建ち並んでいる中小武家の間でも平造親分はよく知られており、その信頼も厚い。

いま宗次と冬にとって幸いなのは、この界隈は町人地が少なく殆どが武家地であるため、人の通りが極めて少ないことであった。

走りながら宗次が冬に告げた。

「奴がいま入った寺の奥まった所には別の二つの寺があって、この三つの寺がお互い仕切り塀を設けずに境内を共有するようなかたちになっているんだ」

「すると境内は広いのですか」と、応じる冬は、全く息を切らしていない。

「広い。鬱蒼(うっそう)とした広い森になっている」

「その森の中へ入ってしまわれると、まずいです。追いつき次第、討ちかかって宜しいですか」

「必ず、半東っと声をかけてからにしなせえ。いくら仇討ちでも、それが武士道ってもんだ」

「判りました」

二人は、「草光寺（そうこうじ）」の寺名を掲（かか）げた山門を一気に駈け潜った。

いた。勝村勇之助は細長い参道の奥、鬱蒼とした森の手前でこちらへ背を向けて佇み、右を見たり左を見たりしていた。女賊の頭（かしら）寄子を探しているのであろうか。探すことに夢中になっている様子である。

宗次は山門を潜って五、六歩のところで立ち止まり腰帯に差し通した長煙管を抜き取ったが、冬は羽織を脱ぎ捨てつつそのまま風のように勝村勇之助めざして走り込んだ。足音を全く立てない。見事に〝無の気配〟だ。

「半東っ」

冬が叫び、腰の雷光国を抜き放った。〝標的〟の三間（げん）ばかり手前であった。

〝標的〟が振り向いた。驚愕（きょうがく）の表情を見せて抜刀し大上段に振りかぶる。日を浴びて、刃が鋭く光った。

が、この時にはもう、〝標的〟の胸へ頭を低くして突っ込んでいた冬の雷光国の切っ先は、相手の心の臓の直前に達していた。

〝標的〟が大刀を振り下ろした。

いや、振り下ろせない。「ぐわっ」と野太い断末魔の悲鳴をあげるや大刀を投げ捨て、冬にしがみついた。

それを振り払った冬は、雷光国をもう一度、相手の心の臓に突き立てた。そして、逃げるように素早く体を退く。

〝標的〟がゆっくりと前のめりに崩れた。

呆気ないほど、短い勝負であった。

宗次は立ち尽くしている冬に近付いてゆき、その肩に手をやった。

「半東竜之介だったかい」

「ええ、間違いありません」

「そうかえ。雷光国の血脂を拭って、鞘に納めなせえ」

冬がハッと気付いたように、手にした雷光国の刃を懐紙で清め、鞘に納めた。

「うん」と頷いた宗次は、俯せに倒れてピクリともしない竜之介のそばに腰をかがめ、短く合掌してからその俯せになっている顔に両手を触れ、そっと自分の方へねじった。

唇のまわりに砂をつけたその無念そうな髭剃り跡の濃い骸顔は、宗次にとっては矢張り勝村勇之助でしかなかった。

立ち上がりながら宗次は冬に言った。

「寺の境内を血で汚しちまったい。幸いな事に私はここの住職とはよく知った仲だし、地元の有力な十手の親分とも親しい。あとは私に任せて、お冬さんは取り敢えず八軒長屋へ戻っていなせえ」

「それで宜しいのでしょうか。宗次先生お一人にご迷惑が及びませんでしょうか」

「ご迷惑云云で済む問題じゃあねえから、私が動かなきゃあならねえ。寺社奉行所が乗り出すかも知れねえから、ともかくお冬さんは、直ぐにも此処を離れなせい」

「はい。では宜しくお願い致します」

「雷光国は私の部屋の箪笥にでも、しまっておきなさるように」

「そう致します」

冬は宗次に向かって深深と頭を下げると、骸を一瞥してその場から離れて行った。

宗次は、骸をじっと見つめて呟き首を小さくひねった。

「ええ簡単に勝負がついたじゃねえか。尾張柳生の筆頭格の剣客ではなかったのかえ」

余りにも呆気なさ過ぎる、と宗次は思った。

「それに冬のあの足音なき走法……間違いなく女忍びだ」

宗次がそう思ったとき、「あ、宗次先生」と背後から声がかかった。

その、女ではない青い声が、宗次にはこの草光寺の小僧了珍(りょうちん)だと直ぐに判った。

振り返ると、その通り熊手を手にした了珍だった。年齢(とし)は十二、三というところか。

「や、了珍。和尚はいらっしゃるかえ」

「はい。庫裏で書(しょ)をなさっておられます」と言いながら近付いてきた了珍が、骸に気付いて「あっ」と顔色を変えた。

「せ、先生。この浪人に襲われたのですか」

「いや、そうじゃねえ。たった今、この場で仇討ちってのがあったんだ。詳しい事情についちゃあ和尚に打ち明けるから、すまねえが了珍、和尚を呼んできて貰いてえんだが」

「わ、判りました」

了珍はその場で熊手を手放すと、庫裏に向かって駈け出した。

宗次は息絶えた半東竜之介を見つめて、再び首を小さくひねると、もう一度腰をかがめて、今度は遺体を仰向けにした。

宗次の手が遺体の懐をまさぐり、血まみれの書状らしきものを取り出した。

雷光国によって二つの穴をあけられているそれが、宗次には「道中手形である」と即座に判った。

宗次にとっては、思いがけない発見である。

血を吸って湿ったそれが破けないよう、宗次は用心深くそっと見開いた。

内容を読み進める宗次の眦がたちまちのうち、「な、なんと……」という呻きと共に吊り上がった。

道中手形は、半東家の檀那寺（だんなでら）が発行した正規の私用手形であったが、発行相手は、半東家を勘当された半東雄之助その人だった。

藩の任務で出張する場合などは、藩発行の道中手形を支給されるのが普通だが、御三家尾張ほどの大藩ともなると、藩士と雖（いえど）も末端下士の私用の場合などでは、檀那寺発行の道中手形に頼ることも少なくない。むろん、藩を出発するについての上役の許可は必要ではある。

ましてや八十七俵二人扶持の半東家の部屋住み二男坊雄之助は素行悪く、半東家を藩からではなく自家から勘当された身だ。

「では……半東竜之介は何処にいるというのか」

そう漏らして眉をひそめ、思わずカリッと歯を噛み鳴らした宗次であった。

三十五

宗次が暗い表情で鎌倉河岸に現われたのは、西日がだいぶ傾いてからだった。

草光寺へは寺社奉行所の役人たちの他、北町奉行所の市中取締方筆頭同心飯田次五郎ら同心たち、そして地元を縄張りとする名親分平造とその下っ引きたちが集まったが、協議の結果〝事件〟は北町の筆頭同心飯田預けとなった。

寺院などで血を見る事件や事故が生じた場合、最近ではたいていの場合、北か南の奉行所預けとなる事が多かった。血腥（ちなまぐさ）ければ血腥いほど、寺社奉行所が後退する場合が目立つようになる。寺社奉行所は〝血の事件〟を扱い馴れていないうえ、捜査のための機能・能力に乏（とぼ）しいからだ。これは寺社奉行所の性格上、致し方ないことだった。

草光寺仇討ち事件が飯田次五郎預けとなったことは、宗次にとっていささか幸いではあったが、明朝、奉行所開門と同時に冬を連れていかなければならなかった。

が、飯田同心か平造親分の方から迎えにくるのでは、と宗次は内心思っている。

宗次は直ぐには自宅へ足を向けず、居酒屋「しのぶ」の暖簾（のれん）を潜った。さすがにこの刻限、客の姿はまだ無い。

「よ、先生」

調理場で何かを庖丁で刻んでいた角之一が、その手を休めたがいつものようには笑わない。

女将の美代（みよ）が角之一の後ろから顔を覗かせ、「あら早いのね」と表情を緩めはしたが、矢張り笑わない。

何やかやに追いまくられているこの頃の宗次を知っているから、心配しているのであろうか。

「角さん、冷酒（ひや）で一杯頼む」

「あいよ。肴は」

「何もいらねえ。冷酒（ひや）だけでいい」

「そうかえ」

角之一が枡酒（ますざけ）を差し出すと、宗次はそれを一気に飲み干して「旨い……」と呟き、カネも払わずにそのまま店を出ていった。

美代が亭主と顔を見合わせてから、心配そうに小走りに調理場から店土間（たなどま）へ出て、右手で暖簾を跳ね上げ、外を眺めた。

柳の下の老いた白い野良犬に、宗次が何事かを話しかけ、頭を優しく幾度も幾度も撫でてやっている。

（大丈夫だわ……うん）

美代は女の直感でか、それとも母親のような慈愛（じあい）でか、宗次の〝日頃〟が失われていないと判ったらしく、安心したように顔を引っ込めた。

「しっかり食べて長生きをするんだぞ。しっかり食べてな……」

宗次はそう言い残して、高さ六尺余の太い丸太杭が二本、二間幅で打ち込まれているだけの長屋口をゆっくりとした足取りで入った。

井戸端で顔を寄せ合っていた女たちの内、長屋口へ顔を向ける位置にいた飴売り金三の女房秋江が宗次に気付いて「あら……」と小声を出したものだから女たちが一斉に振り向いた。

屋根葺き職人久平の女房チヨが、女たちから離れて小駈けに宗次に近付いた。その表情が、いつものチヨらしくなく険しかった。

「待ってたんだよ先生……」

「どしたい」

「お冬さんが長屋を出ていったんだよ。なんだか慌ただしい様子で、私やアキさん（秋江のこと）と顔を合わせても、まるで知らん振りでさあ」

「いつの事だえ」

「もう一刻近くになるかねえ。凄く冷たい表情だったけど」

おそらく長屋に戻って直ぐに出かけたな、と宗次には判った。

「そうかえ。どうもありがとう」

「たった今、柴野南州先生が助手を従えてお見えになったんで、部屋に上がって貰ったよ。我が家では一番の出涸で茶を出しておいたから」

「いつもすまねえな」

宗次はチヨの肩を軽く叩くと、自宅へ足を向けた。

「宗次です。戻って参りやした」

自分の家であったが一応表口障子の向こうに声をかけ、ふた呼吸ほど置いてから障子をガタゴトいわせた宗次であった。

「おかえり。勝手に炎を点させて貰ったよ」

「へい。結構で」

　畳の間には柴野南州と、宗次の見知らぬ若い女が、湯飲み茶碗を前にして姿勢正しく正座をしていた。

　宗次は南州と向き合う位置に腰を下ろし、女をチラリと見た。「夢座敷」の幸に劣らぬ、彫りの深い色白の美貌であった。それに髪が褐色である。

「あのう、南州先生……」

「ん？　あ、これか……」と隣の女に視線を移した南州が言葉を続けた。

「一昨日に長崎から江戸入りした私の四人目の助手じゃ」

「ほう、助手でいらっしゃいやしたか」

「うん。名を春海桜子というてな……」

　南州は目を細めて柔和な笑みを口元に浮かべ、宙に指先で春海桜子と書いて見せた。

「春の海に桜とは、なかなか良いお名前でござんすね」

「決して創り名ではないぞ。父親はな、長崎奉行麾下の支配組頭を上役と仰ぐ支配調役だった春海玄之条殿、母親は長崎出島のオランダ人女医ウィルへルミナ・ソフィア」

「え、すると……」

「そうじゃ。春海玄之条殿とオランダ女医のウィルヘルミナ・ソフィアは相思相愛の好ましからざる仲となってしもうてな。尤も、好ましからざる、というのは幕府の勝手無粋な判断に過ぎぬのじゃが」

「ですが春海玄之条殿の支配調役てえのは、幕府直轄地長崎の長官である長崎奉行の直属配下でござんすからねえ。お奉行から理不尽な酷い罰を下されたんじゃあござんせんか」

「ところが時の長崎奉行はオランダ人女医がすでに春海玄之条殿の子を身籠っていると知るや、なんと生まれてくる子が十歳になるまで御構い無し、という粋な裁定を下しなさってな」

「ほほう」

「ひとつには、春海玄之条殿及びオランダ人女医ともに非常に仕事のできる優れた人材であったということ、もう一つはオランダに対し度量の大きいところを見せたい、という幕閣の腹芸が働いていたこと」

「なるほど」

「結果、いま春海玄之条殿は一段階出世して支配下役に就き、禄高（ろくだか）も五十俵を加増されて百五十俵じゃ。桜子の母親も日本人蘭方医を育成することに貢献しておるしな」

「では今も御夫婦仲良く長崎で？」

「そう。夫婦生活を認められておるのじゃよ。この桜子もまだ十九歳と若いがな、母親から一人前の蘭方医となるための厳しい指導を受けてきておる。江戸へ出てきたのは見聞（けんぶん）を広めるため、そして女医にふさわしい婿（むこ）殿を見つけるためじゃそうな」

そう言って南州は静かに笑い、桜子も視線を膝の上に落として微笑んだ。

「それはそれは。では私（あつし）も婿探しを心得ておきやしょう。ところで先生、今日は？」

「何が、今日は？　じゃ。抜糸じゃよ抜糸。浅草の名医石庵殿にも脇腹を縫わせたというではないか」

「もうお耳に入りやしたか」

「まったく天才浮世絵師なのか〝喧嘩探し屋〟なのか判らんのう。さあ、桜子や、儂(わし)が見ていてやるから抜糸をしてやりなされ」

「はい。それでは」

と、桜子が脇に置いた三段の木箱を膝の前へ移した。

「ありがとうございやす。その前に、ちょいと……」

宗次は立ち上がって、帰宅した時から気になっていた簞笥の前へ移り、引き出しを開けた。

南州と桜子が医療道具が入った木箱の三段を開け、小声で打ち合わせを始める。

べつに宗次の動きを気にはしていないようであった。

宗次は簞笥の一段目と二段目の引き出しを開けて手さぐりの様子を見せたが、桜子を待たせる程もなく元の位置に戻った。

「宜しく御願い致しやす桜子先生」

「私(あたくし)はまだ先生と呼ばれる程の修業を致しておりませぬから、桜子と呼び捨てにして下さいまし」

綺麗な桜子の笑顔であった。

「呼び捨てなんて、とんでもねえ。さ、抜糸お願い致しやす」

簞笥の引き出しを手さぐりした宗次の顔が少し曇っている。一段目二段目の奥深くに入れてあった合わせて二百五十両の金子（きんす）がそっくり無くなっていた。

全て浮世絵を主体に、花鳥画、山水画そして四君子（しくんし）画などの描き料として大名旗本寺院などから宗次に支払われたものである。

（やりやがったな、あのくノ一……）

宗次は胸の内で呟いたが、どういう訳か不思議なほど腹が立たない。

「脇腹の傷から診（み）ましょう。畳の上で宜しいですから横になって下さいますか」

「判りやした」

と、宗次は言われるまま横になった。

「右でございましたね宗次先生」

「そうです。右の脇腹です」

「長崎へいらしたことはございまして?」

「ござんせん」

「是非、出向(でむ)かれてください。長崎ではきっと素晴らしい花鳥風月との出会いがございましょう。女性も大層美しゅうございます。また、出島(でじま)の閉鎖性を眺めるだけでも絵師としていい勉強になると思いますけれど」

「うむ。機会があらば行ってみやしょうかい。長崎女は一度は描いてもみたい」

宗次に話しかけながらも、桜子の雪のように白い手は休まなかった。柴野南州はにこにことただ黙って桜子の手の動きを見つめているだけである。

長崎の街を流れる中島(なかしま)川の下流域に豪商二十五名の出資により扇状の人工島約四千坪が築かれたのは、寛永十三年（一六三六）のことであった。はじめはポルトガル人の隔離対策としてであったが、間もなくポルトガル人が国外へ追放された事により、平戸(ひらど)からオランダ商館が移され「出島と言えばオランダ」となった。

しかし幕府の閉鎖政策は対ポルトガル人と何ら変わるところはなく、オランダ人は自分の意思による出島からの自由な外出を築後数十年経った今も許されていない。

「はい、右脇腹の抜糸は済みました。綺麗にくっついておりますから、もう大丈夫です。次は顎と喉でございますね。体を起こして下さいますか」

　チクリとした痛みも感じず呆気（あっけ）なく終り過ぎた抜糸に、宗次は桜子とじっと目を見合わせながら静かに体を起こした。

　この時になって宗次は、桜子の瞳が茶色がかっていることに気付いた。

　桜子の白い手が、宗次の顎の先に触れた。

三十六

　宗次はまんじりともせず一夜を明かした。

　北町奉行所市中取締方筆頭同心飯田次五郎が、平造親分と下っ引きの五平を従えて宗次宅の表障子を開けたのは、猫の額ほどの庭との間を仕切っている雨（あま）シミが目立つ障子の右片隅に朝陽が当たり出した頃だった。

　むつかしい顔つきの三人は何時（いつ）もなら出す朝の挨拶を省いて、のっそりと土間に入った所で動きを止めた。

「おはようございやす」

箪笥にもたれていた宗次は居ずまいを正し、頭を軽く下げながら、（矢張り迎えに来たか……）と思った。

飯田次五郎が室内を見回しながら、ボソリとした声を出した。

「行こうかえ。冬とかいう女は？」

「仇討ちについて本人の口から詳しく説明させるつもりでおりやしたが、出来なくなりやした。申し訳ござんせん」

「どういうことだえ」

「姿を消されたようでござんす。私（あっし）が仇討ち現場から帰ってみやすと、この通り何処にも……」

「宗次おめえ、まさか……」

「逃がすようなつもりで本人をいち早く仇討ち現場から引き離した訳じゃござんせん」

そう言い繕った宗次であったが、ひょっとすると自分には無意識のうちに、何処へでも消えちまいな、という計算があったのかも知れないと思った。

「が、姿を消したってえのは、おかしいじゃねえか。藩公の仇討ち免許状が無くったって殺ったことに道理もスジも立派に通ってりゃあ、江戸の司直は悪いようには扱わねえ。場合によっちゃあ江戸藩邸へ町奉行自ら動いて下さるってえ例外もあるんだぜい」

「ま、ま、旦那……」と、平造が横から割って入り、上がり框に近付いて腰を下ろした。目つきが険しい。

「実はな宗次先生よ」

「へい」と、宗次は膝を滑らせて平造との間を詰めた。

「この前に先生にも打ち明けた例の『散田屋』なんだがな」

「千利休の純金の茶器などを九千両で受けた強欲な質屋ですねい」

「それよ。先生にゃあ質入れした奴についちゃあ詳しく話さなかったが、『散田屋』の強欲主人大原寅一が言うにゃあ……」

そこで言葉を切った平造は、突っ立ったままの飯田次五郎の方を振り向き、

「よござんすね」と念を押した。

飯田次五郎が黙って頷き、平造親分が宗次へ向き直る。

「大原寅一が言うにゃあ、質入れに訪れたのは立派な身形の大身旗本らしい夫婦。店の外に二挺の駕籠を待たせ、先ず奥方らしいのがシズシズと店の中に入り、続いて侍頭巾で顔の下半分を隠した二本差しが入ってきたというんだな」

「女の人相は？」

「三十歳にも四十歳にも見える滅法色っぽい美形だというんだよ。顔の広い先生にゃあ、思い当たるような女はいねえもんかねえ」

そう言って、然り気なく片目をつむって見せる平造だった。

「急に言われても思い浮かばねえが親分、考えておきやしょう。で、大身旗本に見えたとかいう男の人相は？」

「どちらかと言うと小柄な侍だった、と大原寅一から聞かされていたんで、もしやと思いやしてねい……」

「奉行所に運び込まれた半東雄之助の骸を、大原寅一に見せた？」

「見せやしたとも。色っぽい奥方と質種の値のやりとりをしたので、侍の顔はあまり見なかったらしいのだが、小柄な体格が間違いなく似ている、ということなんだい」

「ということは、半東雄之助と色っぽい奥方とやらが共謀して瀬戸物問屋『室邦屋』を襲い、千利休の純金の茶道具を奪ったと？」

「そういう構図が成り立つがねい先生」

「親分、その色っぽい奥方風、この宗次が必ず行方を突き止めて、飯田様か親分にお知らせ致しやす」

「そうかえ。この大江戸じゃあ、儂（わし）よりもはるかに顔が広い先生だ。あらゆる人脈を使ってでも女狐（めぎつね）の行方を突き止めてくんない」

「へい、責任をもって」

「頼みやしたぜい」

平造親分は、背後の二人に気付かれぬようもう一度素早く片目をつむって見せると、唇の端をニッとさせて上がり框から離れた。

入れ代わるようにして、飯田次五郎が宗次との間を詰めた。

「宗次よ、半東雄之助と立ち合った冬という女について、もちっと詳しく聞かせてほしいのだがな」

「打ち明けやしたように、この八軒長屋の長屋口に倒れていた、みすぼらしく弱弱しい女、としか判りやせん。本人も口が重く、自分の事を話したがらない様子でござんした。冬という名や、仇討ちのため名古屋方向から江戸入りしたってえ事だって、やっとの思いで聞き出せやしたんで」

「冬の身分だが、名古屋方向から江戸入りしたとなると、尾張の者であろうかのう」

「いえ、それの確認は出来ておりやせん。名古屋方向と申しやしても、中小の藩だってございやすからね」と、宗次は逃れた。

「だが、半東雄之助の道中手形の内容は、それが尾張の地であることを証明しておるではないか」

「その半東雄之助が、尾張を出て他の御領内で悪さをしたと考えられなくもありやせん」

「うむ……」

「飯田様。冬が討ち果たしやした半東雄之助は、女と共謀した押し込み強盗の一味の可能性が出て参りやした。そ奴を討った冬は、つまり誉められるべき事をした、と見てやってもいいのじゃございませんかい。お願いでございやす。冬の仇討ちについては、飯田様のお力でお役人の皆様から大事として見られることのないよう、ご尽力下さいませ。この通り……」

宗次は両手をつき頭を下げた。綺麗に決まった作法であった。

突っ立ったまま宗次を見おろす飯田次五郎は小さな吐息を一つ漏らしてから、黙って踵を返した。

狭い土間から五平、平造の順で素早く外に出る。最後に飯田次五郎が二人に迎えられるようにして外に出て表障子を閉める際、こう言い残した。

「おい先生よ。室邦屋へ押し込んだ野郎ども、女郎どもをもし先生が召し捕ったら、この貧乏次五郎、あり金はたいて奢りまくるぜい。顎と喉、治って良かったじゃねえかえ」

パタンと表障子が閉まる控え目な音がして、宗次は顔を上げた。

「旦那……ありがとうございんす」

宗次は表障子の外に向かって、確りと頭を下げた。

三人の足音が遠ざかってから、宗次は箪笥の引き出しを開けた。

雷光国は一段目の引き出しに戻ってはいるが、二百五十両の大金は矢張り間違いなく消えていた。

宗次は、冬がどういう積もりで二百五十両を黙って持ち去ったのか考えないようにした。冬が盗ったところを見た訳ではないからである。

要するに、どういう積もりで、と考えることが面倒なのであった。

それよりも急がねばならないことがあった。

宗次は文机の前に正座をすると、硯を引き寄せ絵筆を手に取り女賊の頭寄子の素顔をサラサラと描いていった。

すでに猫長屋で、寄子の嫣然たる素顔を瞼の裏に焼き付けている。

先に描いた三枚の似顔絵に比べ、今度は精緻であった。しかも一枚の紙に、正面顔と横顔を描いてゆく。

二十枚の精緻画が、待ち人がいたなら熱い茶を三杯ばかり啜るくらいの間に、描きあがっていた。

宗次はそれを丸く巻き、さらにその外側を厚目の和紙で包み巻きして長屋を出た。

行き先は、浅草は新紋丁子親分であった。

丁子親分直系の旗本衆に香具師の力を加えれば、総勢三百は超えるだろうか。その強力な情報網に頼るつもりであった。

宗次は、まともな任俠道を心得た義俠の男ども女どもには理解があり優しかった。

宗次自身、怒濤の中で出生し、権力に翻弄され、大剣聖の手に預けられて今日があるからだ。修行や進路の選択が少しでも狂っていたなら、斬殺剣を激しく振り回すだけの荒荒しい野獣となり果てていたかも知れない。

そう自覚することを忘れぬ宗次であった。

それだけに作法を失する不心得者に対しては、「ざけんじゃねえ」と手厳しかった。

三十七

「夢座敷」の女将幸は、この日の総開き客（その日の一番最後の勘定客）「番方」小姓組番の組頭である旗本五〇〇石村瀬豊後守高行夫妻を見送ると、調理場や座敷女中たちに労い(ねぎらい)の言葉をかけながら、一日の無事な終わりにホッとして自室がある離れへと足を向けた。

料亭などで使われる「お開き」あるいは「総開き」は、〝最後〟とか〝最終〟または〝終り〟の、忌み(い)言葉(不吉として使用を避ける言葉のかわりに用いる言葉)である。

掛け行灯(あんどん)で明るい廊下を自室のそばまで来て、幸の美しい表情が「あら?」となった。

明りを点していない部屋に、大蠟燭(ろうそく)の明るさと判る明りが点っていた。しかも幸を驚かさぬためにそうしているのか、障子に横顔の輪郭をくっきりとさせて人影が浮かんでいる。

幸は口元に静かな笑みを見せると、その障子の前で正座をした。

「幸でございます。ただいま一日をつつがなく終えました」

「入らせて貰っている。すまぬな」

宗次の声と判る侍言葉であったため、幸の表情がふっと曇った。宗次が侍言葉を用いる時は必ず何事かあると知っているからだ。

　座敷へ入った幸は文机を前にして座っている宗次に「お出でなされませ」と挨拶してから、宗次と向き合う位置へ移った。

「何事かございましたのね、お前様」

「表情に出ていると言うか」

「はい……少し」

「客は？」

「たった今、村瀬豊後守高行様ご夫妻を、お見送り致しましたところです」

「おう、村瀬様が奥方を伴ってお見えであったか」

「近頃はご夫婦揃って『夢座敷』を訪ねて下さいます御武家様が増えましたのですよ」

「客の家庭が円満なことは、店にとっても大事なことじゃ」

「はい、私もそう思っております。御酒をお持ち致しますか？」

「うむ。久し振りに幸と飲んでみようかの」

「では、板場へ頼んで参りましょう。顎と喉の傷も綺麗に治ったようでございますから、私も安心しておすすめ出来ます」

「その前にな幸、預けてある備前双十郎長船の大小を出してくれ」

「矢張り、お使いになるような出来事が？」

「或はな。が、まあ心配致すな」

「判りました」

幸は立ち上がって襖で仕切られている隣室へ入っていくと、桐の箪笥の一段目を開けて、大小刀を取り出した。

それを宗次に手渡した幸は、心配そうな表情のまま座敷から出ていった。

宗次は亡父から譲られた当たり前の重さではない剛刀二尺五寸一分の鞘を静かに払った。

大蠟燭の明りに刃をかざして、宗次はじっと見入った。

この剛刀を自在に振り回すには、単に腕力だけではなく、肩や背中の筋肉も強靭なものとする必要があった。

ゾクリとする透徹感が手に伝わってくるこの名刀の刃を眺めていると、父を相手として鍛錬に鍛錬を積み重ねて来た一日一日が、昨日の出来事のように思い出されるのであった。

真剣を手にしての鍛錬は、揚真流剣法では避けて通ってはならぬものだった。真剣つまり刃を恐れぬ猛烈な精神力を身につけるため、宗次はほとんど全身の薄皮を、父によって斬られてきた。

斬られることにより、「斬られてはならぬ」様様なかたちの呼吸を会得してきた宗次であった。

幸が戻ってきた。

宗次は二尺五寸一分を鞘に納めた。鍔が小さな音を立てた。

「床の間に……」

「小刀はご覧にならないのですか」

「うむ」

幸は頷いて床の間の刀掛けに大小刀を音立てぬよう横たえると、宗次のそばに座った。

「御酒は直ぐに参ります。お前様が見えていることを知った板場が、活きのよい沙魚の天ぷらを、と張り切っております」

「一日を終えたというのに世話をかけて、すまぬな」

「うちの板場の者は皆、お前様のことが大好きですから」

「そうか……ありがとう」

「疲れていなさいますね」

「そうかも知れぬ」

「膝枕、構(かま)いませぬよ、お前様」

「貸してくれるか」

「ええ」と、幸は目を細めて微笑んだ。その一瞬の名状し難い美しさ妖しさは、まさに宗次ひとりしか見れぬものであった。或(あるい)はまた、宗次にしか見せぬものであった。

宗次は幸の膝枕を借りて横たわった。

幸が着ていた羽織を、そろりと肩から滑り落とし、目を閉じた宗次にかけてやる。

宗次は心が休まるのを感じた。いい気持であった。この世で自分の真(まこと)の素姓を知り尽くしてくれている女(ひと)、幸。

もはや「幸なくして己れはない」と思っている宗次であった。近い内に〝結論〟を出さねばならぬ、と考え始めてもいた。

だが迷いもある。

自分のようなむつかしい素姓を背負う者と一つになった幸に、災厄（さいやく）が襲いかかりはせぬか、という迷いであった。

「幸……」

「はい」

「いい気分じゃ」

「ひと眠りなされませ」

「膝、重うはないか」

「いいえ、少しも……」

「膝に痺（しびれ）がきたら我慢せずに言うてくれ」

「お気になさらなくとも……」

「冬がな……姿を消した」

「え……」

「冬が仇を討って消えてしもうた」

違う男を倒した、二百五十両を奪われた、とは告げぬ宗次であった。幸にはそれを告げることもない、という気持があった。幸の気持を波立たせたくはなかった。

「何処へ消えたのでございますか」

「判らぬ……が、冬のことはもうよい。終った事じゃ」

「ですけれど……」

「案ずるな。冬は自分で考えて消えたのじゃ……案ずるな」

「お眠りなされませ、あなた」

「うん」

幸は宗次にかけてやった羽織の上から、肩口より腕(かいな)にかけてをそっとさすってやった。幾度も……幾度も。

やがて宗次に寝息が訪れた。宗次は今、最も安心のできる刻(とき)を得ている筈であった。五感の全てを安堵(あんど)させ、己れを忘れている筈であった。

「女将さんお持ち致しました。開けて宜しいですか」

障子の外で控え目な声がして、幸が「どうぞ……」と小声で応じる。

障子が開いて、御酒と肴を運んできたのは、梅若であった。つまり神楽坂の高級揚屋「新富」の跡継ぎ娘、梅である。

幸が人差し指をかたちの良い唇の前に立てて見せ、梅若が（あらあ……）という表情をつくってから、にっこりとした。

幸が文机を指差し、梅若が頷く。

文机の上に御酒と肴を音立てぬように置いた梅若は、足音を忍ばせるようにして座敷から出ていった。

宗次は眠り続けた。

当たり前なら、たとえ眠っていたとしても、廊下の向こうに梅若の足音が生じたときにはもう、それを捉えている宗次であった。

それが静かな寝息を立て続けている。

（お前様……かわいそう）

宗次の寝顔を見つめる幸の目に、涙が滲んだ。宗次の波乱に富んだ真の身分素姓を知る者としての涙なのであろう。

（ゆっくりと、お休みなされませ……あなた）

声なく語りかける幸であった。語りかけながら、このひとの波乱を自分の生涯とする、と改めて自分に言って聞かせる幸であった。

幾百本の刃の中へでも、このひとと一緒ならば立ち向かえると思っている。

すでに、ひとり静かに「死」を覚悟して、激しく愛を貫こうとしている美貌のひと、幸であった。

三十八

宗次が両刀を帯びずに無腰のまま「夢座敷」から鎌倉河岸の八軒長屋の自宅へ戻ったのは、翌日の日暮れ時であった。夕焼けが江戸の空一面に広がって、地上の何もかもが蜜柑(みかん)色に染まっていた。

宗次は猫の額ほどの庭に面した縁側で胡座(あぐら)を組み、その蜜柑色を浴びながら腕組をして考え込んだ。

脳裏に冬や女賊の頭寄子、勝村勇之助こと半東雄之助ほか幾人もの顔を思い浮かべては、線で結んだり打ち消したりを繰り返した。

なぜか冬の顔だけが、脳裏の一定の位置から動かなかった。しかもほかの幾人もの顔に比べて、鮮明であった。

「今頃どの辺りを歩いているのやら……」

呟いた宗次は、冬の只者でない足運びから考えて、すでに尾張領へ入りかけているかも知れない、と思った。

と、表口の腰高障子がカタカタと音を立てたので、宗次は振り向いた。

「あら、宗次先生。帰ってたんだね」

そう言い言い土間に入って来たのは、飴売り金三の女房秋江だった。長屋の者たちからは「アキさん」と呼ばれたりしている。

「外はまだ蜜柑色で明るいけど、そろそろ行灯を点しておくよ先生」

「そうかえ。すまねえな」

畳の間に上がって大行灯を点す仕種の秋江を目を細めて優しく眺める宗次は、（やはりこの長屋はいい……）と思うのだった。

「チヨさんがね、板橋の兄さん夫婦を見舞に行ってんですよ。風邪をこじらせて、もう十日以上も床に就いていてるらしくてさあ」

大行灯と向き合いながら秋江が言った。

「そいつあいけねえな」

「屋根葺き仕事で忙しい旦那の久平さんは今、千葉の東善寺さんの泊まり仕事だから、子供たちを我家で預かってんのさ」

「てえと、チヨさんは暫く板橋へ泊まることになるんだ」

「たぶん幾日かはねえ。あ、晩ご飯は根深汁と浅蜊飯だけどいいかい」

「御馳走だあな」

「待っといで、いま持ってくるから。それから洗濯はしてあげないよ。先生の汚れ物の洗濯は私が戻ってからする、ってチヨさんに強く言われてっから」

「うん、判ったよ」と宗次は思わず苦笑した。手渡した汚れ物を必ず顔に押し当てて土間から出ていくチヨの子供っぽい様子が、目の前に浮かんでいた。

「晩ご飯すぐに持ってくるからね」

と、行灯を点して秋江が出ていった。表口は開けたままだ。

宗次は蜜柑色の空を仰いで、再び冬のことを思った。現場を見た訳ではないが、二百五十両を持ち逃げしたに違いない冬である。だが、妙なことに腹立たしい気分が起きない宗次であった。

（この蜜柑色の夕焼けのせいかな……）と、宗次は思った。

蜜柑（温州蜜柑）と言えば、その歴史はまだ浅かった。日本原産として、江戸（時代）の初めに薩摩国出水郡長島郷で最初の実をつけた蜜柑は真に甘かったにもかかわらず、なんと種の無い果実だったことで江戸、大坂、京都など大都市では人人から忌み嫌われた。愚かなことに、食べたら「種なし、子なしになるぞう……」とばかりに（この蜜柑が人人の間に出回ったのは明治に入ってから）。

「先生……」

幼い黄色い声が表口を入ってきた。

「よ、お花坊……」

屋根葺き職人久平の、つまりチヨの上の娘であった。夕餉をのせた古い盆を手にして、にこにこと純な笑顔である。

「こいつあ、ありがとよ、すまなかったね」

「玉子焼きも付いてるよ。うちのお母さんはいつも玉子焼きを付けるよ、って言ったら秋江おばちゃんも、負けるもんかって付けてくれた」

「あははは っ、そうかえ。卵は安くねえってのに、まったく嬉しいやね」

宗次は花子から盆を受け取ると、頭を撫でてやった。

このとき長屋路地の溝板を踏み鳴らして近付いてくる足音があった。

一人の人物によるただならぬ走りようと読んで、宗次は素早く土間に下り花子の盾となる位置に立った。溝板の一枚が踏み割られたらしいバリッという音。

「せ、先生……」

と息急き切って狭い土間に飛び込んできて、危うく宗次にぶつかりかけた男が、その両肩をがっしりと宗次に止められた。

「よう、伊佐さんじゃあねえですかえ」

「せ、先生、申し訳ねえ。先に水……水を」

「水ですねい」

宗次は台所の柄杓で水甕の水を掬って相手に差し出した。

肩で息して駈けつけたのは浅草は新紋一家の番頭で四人衆の筆頭、撫で斬りの伊佐三であった。

一気に水を飲み終えて「うめえっ」と放った伊佐三は、宗次の脇に花子がいることに気付いて「おっ」という顔つきになった。

「お花坊、今日はすまねえ。急ぎの用で来たもんでな、おいちゃんは手ぶらなんでい。次を楽しみにな」

「うん、いいよ」

「ちいと宗次先生に大事な話があるんだ。二人にさせてくんない」

「わかった」

笑って頷いた花子は伊佐三に頭を撫でられ、外へ出ていった。

この伊佐三、新紋丁子親分の用で八軒長屋の宗次をよく訪れるのだが、そのたび「子供の頃に病気で亡くした妹によく似ている」とかで、花子を大層可愛がるのだった。

たいてい浅草一丁目の「入山せんべい」や、雷門の「浅草むぎとろ」の茶そばなどを手土産としてお花坊に手渡すことを忘れない。とにかく閻魔様のようなその面相が、お花坊の前では眉も目尻も下がってしまうのだった。

「浅草むぎとろ」の茶そばは、とくにチヨの大好物だ。

伊佐三が表口を閉めて、声をひそめた。

「先生。人相書の女、『大奥』の頭(かしら)千変万化の寄子とやらの居所を、一家(うち)の涼子が摑みやしたぜ」

「おお、臑断(すねた)ちの涼子がやってくれたか。で?」

「三ノ輪(みのわ)田圃(たんぼ)の中の大きな廃寺を隠(かく)れ家(が)にしてまさあ。判り易く吉原の遊廓(ゆうかく)の位置から言いやすと、山谷堀(さんやぼり)に沿って西へ四、五町ばかり行きやすと……」

「おいおい伊佐さんよ……」

「いけねえ、先生の頭の中にゃあ江戸の地図がしっかりと入っているんでござんしたねい。余計な案内は要(い)らねえんだ」

「廃寺の元の名を教えてくんない」

「確か地言宗海光寺(ちごんしゅうかいこうじ)と言いやしたか」

「三、四年前に住職が博打と女犯(にょぼん)で八丈(はちじょう)流しとなった寺だな。訪ねたことはまだ一度もねえが」

「さすが宗次先生だ。よく知っていなさる」

「何人くれえの女賊が其処に潜んでいやがるんでい?」

「それがさ先生。女賊は十四、五人のようなんだが、ちょいと面倒なのがくっついていやがるんだ」

「ちょいと面倒な？」

「六、七人の浪人どもでさあ。このうち三人は、金杉町(かなすぎちょう)に在(あ)って潰(つぶ)れちまった評判のよくねえ一刀流道場の凄腕、と涼子が見極めは致しやしたが、あとは一家(うち)の縄張内(しまうち)じゃあ余り見かけねえ連中でござんしてね」

「うむ……一刀流の凄腕三人ときたか」

「新紋一家が長脇差(ながどす)を手に総出で打ちかかったと致しやしても、こちら側にかなりの怪我(けが)人が出やしょう。下手をすりゃあ、出したくねえ死人を出すことになるかも知れやせん」

「新紋一家がそいつらに打ちかかる事はねえよ伊佐さん。そいつあ奉行所の仕事だ。すまねえが伊佐さん、月番の北町奉行所までは此処からは近(ちけ)え。ひとっ走りして飯田次五郎の旦那にこの事を知らせてくんねえ。出来れば盗賊改(とうぞくあらため)までも走って貰いてえんだがな」

「合点(がってん)承知」

「そしてよ、女賊に凄腕の浪人どもがくっついていやがるんで、剣術に強え選りすぐりの与力同心を揃えてほしい、っとな」

「判りやした。伝えやす。そいじゃあ先生……」

「頼んだぜい」

撫で斬りの伊佐三は勢いよく飛び出していった。

宗次は畳の間に上がってお花坊の運んでくれた夕餉に、箸をつけた。

旨いな、と食べながら宗次は考えた。

「こいつあ……ひょっとすると」

女賊にくっついている浪人どもというのは、瀬戸物問屋の老舗「室邦屋」に押し入った残忍非道の下手人たちではないか、と想像した。

ただ宗次は、この想像には見逃してはならぬ注意を要する点が二つある、と思った。

「室邦屋」の飯炊き婆さんツネは、「オラ見ただ。大番頭さん夫婦が浪人みたいな男に斬り殺されるのをオラ見ただ。そいつは黒覆面をして小柄な体つきで、右目に比べ左目が小ちゃかっただ……」という意味のことを言っている。

また、「室邦屋」から奪われた千利休の純金製の茶器などを、九千両で金融した質屋「散田屋」の女癖悪い強欲主人（ごうよくあるじ）大原寅一は、質入れに訪れた人物について「立派な身形（みなり）の大身旗本らしい夫婦。女は三十にも四十にも見える色っぽい美形。男の方は小柄な……」と証言している。

女癖悪い大原寅一らしく、色っぽい美形の女の方に強く目を奪われ、小柄な男の左右ちがいの目の特徴には気付かなかった。

これら二通りの証言に共通しているのは「小柄な男」である。

宗次は、「室邦屋」への押し込みには、半東竜之介か半東雄之助のどちらか、あるいは両方が加わっていた可能性があるのでは、と思った。

が今、半東雄之助はすでに冬によって討たれ、したがって残るは半東竜之介のみである。

この半東竜之介の左右の目の特徴については、宗次はまだ確認できていない。

けれども、もしこの二人の兄弟が合意のもと、入れ代わり立ち代わり猫長屋に出入りして女賊の頭（かしら）寄子と寝床を共にしていたなら、宗次が知っているくる。

「手習塾の塾長勝村勇之助の正体は一体どちらか」という問題が浮き上がって

「ま、ここまできたら、神経質にあれこれ考え過ぎず、一気に結論を御天道様の下へ引き摺り出す事かねい」

宙を見据えて呟いた宗次は、箸を盆に戻し、出涸の茶で口の中を清めた。

「さあて……どうするかえ」と漏らして腰を上げた宗次。

立ったそのままで暫く考えたあと箪笥に近寄った。頭の中で幾つもの男の顔、女の顔が線で結ばれては、プチッと切れてゆく。

「質屋を訪ねた色っぽい美形というのは、まず寄子と確信してよさそうだな」

箪笥に向かって断定的にきっぱりと言い切った宗次は、(こいつあ奉行所の同心、捕方たちが危ねえ)と胸の内で自分に言って聞かせ、勢いよく箪笥の引き出しをあけた。

三ノ輪田圃の中の廃寺海光寺に、女賊の頭に寄り添うようにして半東竜之介がいる可能性が濃いからだ。

半東竜之介は現実には破門された身であるとは言え、尾張柳生新陰流の筆頭格とされる恐るべき剣客である。人間性を問わずに、剣の腕だけを見ればまさしく大剣客なのであろう。

この半東竜之介に加えて、廃寺には一刀流のごろつき剣客が三人もいるのだ。真剣というものを使い馴れた剣客の怖さを、誰よりもよく知っている宗次である。ましてや、道理なんぞ糞くらえ、のごろつき剣客だ。

宗次が箪笥の引き出しから取り出したのは、大刀は名刀彦四郎貞宗、脇差は切っ先四寸が両刃の近接戦闘用、雷光国。

この二本を着流しのまま、腰帯をヒュッと短く鳴らして差し通した宗次は、行灯の明りを消して雪駄を庭へまわし裏路地から表通りへと出た。

外はすでに江戸名物の大闇だった。雲が広がっているらしく月は出ていない。

二本差しを誰彼に見られたくない宗次にとっては、有難い闇である。

宗次は夜道を走った。奉行所の役人、捕方たちよりも先に海光寺へ着きたい宗次であった。

だが、奉行所や盗賊改の役人、捕方たちの面前で彦四郎貞宗をふるえば、隠してきた自分の身分素姓が表に出る恐れは多分にある。それでも宗次は「仕方がない」と思った。夜を日に継いで刑事に働く奉行所の役人、捕方たちの間に、犠牲者を出す訳にはいかなかった。誰彼の妻や子とは顔見知りであり、道端でよく話を交わしたりするからだ。

三十九

「あれか……」

宗次は山谷堀に架かる木橋（のちの三ノ輪橋）の中央あたりで足を止め、東へ目を凝らした。いつの間にか夜空には月があって、青白い皓皓たる明りが大地に降り注いでいる。

もと海光寺らしい、かなり大きな荒れ寺が、なるほど三ノ輪田圃の中にあった。土塀は甚だしく崩れ落ち、大屋根の一部などは瓦を失って落ち込んでいるのが月明りのもと、はっきりと認められる。

三、四年前までは大勢の檀徒を抱え、万両寺の別名で人人から親しまれてきた海光寺の、余りにもひどい荒れ様であった。

　やや傾いた山門は、宗次の方を向いていた。木橋を渡り終えたところから直ぐに右へ折れる石畳の道があってそれが田圃の中を山門へと延びている。

　宗次は、幅六、七間（けん）もある石畳の道を山門へと向かった。

　この石畳の道と、道の両側に沿って植えられている万両は、はじめて訪れた宗次にも昔のままと察せられた。

　三、四年前までは大勢の信者が往き来したことであろう。

　月明りの中を足音を殺しておよそ一町（ちょう）ばかり石畳の上を急いだ宗次は、山門の前に佇んで溜息を吐いた。

　間近で眺める海光寺の荒れ様は一層凄まじいものだった。まるで幽霊寺だ。

　このとき崩れ落ちた土塀のかなり向こうと判る辺りから、ドッと生じた笑い声が伝わってきた。男と女の笑いが入り交じっている。

　しかしそれは、誰かに強く抑え込まれでもしたかのように、すぐにシンと鎮まった。

　宗次は山門を潜った。境内は実に広大であったが、この寺には鬱蒼（うっそう）たる森や竹林などはない。幾千本もの梅や万両、千両で知られた〝縁起寺〟だった。

したがって身を隠してくれる〝巨木〟は無かった。万両、千両ともに、よく成長しても三、四尺丈くらいだ。

梅は本来、三、四丈（一〇メートル前後）の高さまで成長するが、寺院神社の梅などは花の観賞や実の栽培もあって剪定で低く抑えられている。

海光寺の万両、千両は幸いなことに、生垣状に密生するかたちで植えられており、姿勢を低くした宗次はそれに沿って笑い声がした方角へと足を進ませた。

やがて、破れ障子から薄明りと話し声を漏らしている庫裏と判る建物に、宗次はそろりと忍び寄った。

が、破れ障子までは近付けなかった。庫裏は雑草が生い茂って荒れ果てた池庭式枯山水の庭を持っており、これの三方が万両の生垣でびっしりと厚く囲まれていた。破れ障子へ近付くには先ず、万両の生垣をかき分けるようにして潜り抜けねばならない。しかし無理にもそれを実行すれば小枝が折れるなどで乾いた音を立て相手に気付かれると思われた。その次に濡れ縁に上がる必要があり、もし床板の傷みがひどいと踏み抜く危険もある。

（仕方ねえ。反対側へ回ってみるか……）

と、宗次は万両の生垣から離れた。

先程に比べてかなり控え目な男と女の笑い声が、再び破れ障子の向こうで起こったが、すぐに静かになった。

庫裏の裏側は宗次の腰の高さまではひと抱え以上もある自然石の石組みが基礎となっており、それから上は漆喰塗りの白壁だった。

この白壁があちらこちら脱落しており、露出した下地壁が幾つもの小穴をあけていた。

宗次にとっては、この上もなく有り難い。

宗次はそろりと近付いて、一番小さな光を漏らしている微小な穴を選んだ。穴の向こうの相手に気付かれないための用心だ。

宗次は庫裏の中を覗き見た。

明りが外へ漏れることを恐れぬのか大胆にも、五本の大蠟燭を点した室坊で二十人前後の男と女が酒盛りの最中であった。

宗次は胸の内でチッと舌を打ち鳴らした。手前にいる五、六人の背中が邪魔となって、向こう側——池庭式枯山水の庭の方——がよく見えなかった。

宗次は三間ばかり右へ移動した。

今度は車座となっている輪の切れ目——二間ばかりの——から、顔ぶれのかなりが認められた。

しかし切れ目から認められる顔の中に、宗次が求める相手はいなかった。

このとき宗次に横顔を見せて酒を注ぎ合っていた浪人が「おい、小便だ。付き合え」「よっしゃ。出して飲み直すか」と頷き合って、よっこらしょっといった感じで立ち上がった。

二人が車座から離れて部屋から出てゆき、車座の切れ目が広がった。

とたん、宗次の表情が動き、「いた……」と唇の間から小声がこぼれた。

「老母多代」から戻った女賊「大奥」の頭千変万化の寄子が、ひとりの男にもたれかかってぐい飲み盃を口に運んでいた。

「まったく絵になるぜ。男どもを惑わす艶然たる絵によ。だが今宵の狙いはお前じゃねえ」

はっきりとした呟きを口にした宗次の視線は、千変万化の寄子がもたれかかっている男に注がれていた。

ついに見つけたのである。もう一人の「勝村勇之助の顔」を持つ男を。尾張柳生新陰流の恐るべき筆頭剣客、半東竜之介であった。

寄子が何やら言いながらぐい飲み盃を、半東竜之介の口元へと持っていく。まわりの男も女も同じような乱れた状態だから、誰も二人に注目などしない。

半東竜之介が寄子に飲まされた酒を、口移しで寄子の口へ戻し出した。寄子の唇の間からあふれた酒が、顎から喉、喉から白い胸元へと流れ落ちていく。

苦しくなったのか寄子が顔を横に振って、半東竜之介にもたれかかっていた姿勢を背すじを伸ばして正した。そして、二度のしゃっくり。

半東雄之助が冬に討たれたのを知ってか知らずか、けろりとした様子である。

ただ頬は、ほの朱い。

大衝撃が宗次を見舞ったのは、この後であった。

寄子が両手を頭のうしろ、つまり勝山髷に結われたうしろに手を当て軽く左右に揺すった。

すると勝山髷がそのかたちを崩すことなく、すぽっとした感じで上に脱け、その下から丸髷が現われた。いや正確には、勝山髷で抑えられていたその下の髪がゆっくりとした膨らみを見せて、丸髷になっていったと言うべきだろうか。

宗次は息を止めて見守った。胸の内で何かがざわめき出していた。

次に寄子は、左右の眉を指先でつまむようにして剝がした。

宗次は自分でも気付かぬ内に、左右の手で拳をつくっていた。それは、自身でも気付かぬ緊張を示すものであった。

寄子の眉は、それまでよりも上品に見える細く形よいものとなっていた。

宗次に与える大衝撃は、いよいよ近付いていた。

寄子は右手で、左耳のあたりに爪を立て——るように見せて——皮膚を手前へゆっくりと引いた。

宗次まで届く筈もない音が、宗次にはピチピチと聞こえたように思った。

寄子がとんでもないことをしているというのに、見馴れてもいるのか誰一人として注目しない。

やがて顔の皮膚がそっくりめくれて、宗次は思わず「あっ」と叫ぶところであった。信じられない顔が、めくられた皮膚の下から現われたのだ。

冬の顔。尾張藩下級藩士岸内四六助の妻、冬の顔であった。

八軒長屋の自宅から二百五十両を奪って姿をくらました、あの冬ではないか。どう見ても間違いなく冬であった。

（一体どうなってんだ……）

と壁穴から顔を離して、茫然というよりも唖然とならざるを得ない宗次だった。

宗次は再び壁穴に顔を近付けた。

冬が湿らせたように見える白い手拭いで、丹念に顔をふいている。千変万化に用いたニセの顔の糊でも落としているのであろうか。痒みでも生じているのか、手拭いを用いながら、もう一方の手指で耳の下あたりをボリボリ掻いたりしている。

先程小便に行った浪人二人の内の一人が戻ってきた。

宗次は頭の中で呟いた。

（寄子だとばかり思っていた老母多代と半東雄之助を〝神田名主〟の木陰から尾行を始めたとき、冬は私のそばにいたじゃあねえか。じゃあ、あの時の老母多代は誰だったというんでい。影武者ならぬ、影女頭だったとでもいうのかえ）

見事に一杯食ったな、と宗次は舌を打ち鳴らした。

（冬が八軒長屋口で倒れ、私の部屋へ運び込まれたのが巧妙に仕組まれた芝居だったとすりゃあ、なぜ私に近付いてきたのかという謎が残るが……）

ま、いいか、大きい謎でもねえや、面倒くせえ、と宗次は思った。

このとき、小便に立ったもう一人の浪人が広縁を踏み鳴らし慌ただしく駈け戻ってきた。

「おい大変だ。役人どもに嗅ぎ付けられたぞ」

なんだと、と総立ちとなる女賊と浪人たちだった。

千変万化の寄子、いや、冬と言うべきか、が甲高い大声で言い放った。

「がたがた怖がるんじゃねえや。皆、四方へてんでんばらばらに逃げて役人どもを攪乱するんだ。立ち塞がる役人ばらは叩っ斬れいっ」

「おうっ」

と、障子を踏み倒して部屋から雪崩の如く飛び出す美形の女賊と浪人たちだった。

宗次は平造親分から「……女盗賊団『大奥』は数の力を頼りに刃物を持っての押し込み強盗なんて荒っぽい仕事はしない……」と聞いている。

だが壁穴の向こうで甲高い大声を張りあげた女頭の「立ち塞がる役人ばらは叩っ斬れいっ」に、宗次は「大奥」の恐ろしい本性を見たように思った。

散乱する大徳利やぐい飲み盃を残して、たちまち庫裏の座敷からは誰もいなくなった。

宗次は壁穴から顔を離したが夜目が利くので慌てなかった。

境内は広いが森や竹林はなく、繁っているのは三、四尺丈くらいの万両や千両と梅の低木が殆どだ。しかも皓皓たる月明りが降り注いでいる。

「北町奉行所だ。逃げるな」

「追え、捕まえろ」

「盗賊改である。刀を捨てぬ奴は叩っ斬る」

役人、捕方たちの怒声が聞こえ出した。

早くも十手と刀の打ち合う音が響き始めている。

と、薄雲が月を覆って、それまでの皓皓たる明るさが一気に落ちた。

女賊や浪人たちにとっては天の助けだ。体を小さく縮めなくとも薄闇の中を思いっ切り走れる。

だがそれは、揚真流剣術の厳しい夜間修練で鍛えられ培(つちか)われてきた宗次の〝夜間視力〟の、恰好の餌食(えじき)でもあった。

宗次は境内の左方向から右方向へと、またその逆へと、目を細めたり見開いたりしながら流した。狙いは半東竜之介と冬である。

役人、捕方たちの怒声にまじって、追い詰められているらしい女賊のかなきり声が次第に背中に近付いてくる。

「いたっ」

と、宗次の口から小声が漏れた。

それを追って駈け出そうとしたとき、「宗次先生、大丈夫ですかえ……」と背後から声がかかった。

振り向くと、房付き十手を手にした平造親分が血相を変え、三人の若い下っ引きを従えて駈け寄ってくる。

「いいところへ来てくれやした親分。この漆喰壁の向こうの室坊で女賊らが酒盛りをしてやがったんだが、そこに千変万化の寄子が用いていた〝ニセの顔〟が投げ出されておりやす」と、宗次は早口で喋った。

「ニセの顔？……変装（へんそう）用の？」と、肩で大きく息をする平造だった。余程に急いで来たのであろう。

「そう、それ。それを柴野南州先生に見せて、なにで出来ているのか調べて貰ってくんない。今後の親分たちの仕事にも役立ちやす」

「心得た。それにしても先生よ、二本差しをまた綺麗に決めこんで……」

「こいつあ今夜のために用意しておいた只のなまくらだい。いま急いで追いかけたい野郎がいるので〝ニセの顔〟頼みやしたぜい」

言い終えて宗次は半東竜之介と冬が姿を消した方角に向かって走り出した。

江戸地図は頭の中にしっかりと入っている。逃がさない自信があった。

四十

広い境内を駈け抜けると、雲が影を引いて田圃の上を滑るように西の方へと流れて、月明りが戻った。

見渡す限りの田圃の中を一本の道が真っ直ぐに東の方角へと走っている。

その道のずっと先、月明りを背に浴びてぐんぐん小さくなっていく二つ並んだ背中を宗次の目は見逃さなかった。

「速(はえ)え……」

と呟いて宗次は追跡を開始した。揚真流走法は基礎のまた基礎だ。

このときの宗次は、前方の二つの背中が隠れ潜むかも知れない三つの場所をすでに脳裏に思い描いていた。

背の高い方の背中が、立ち止まらずに振り向いた。

月明りの中を、前傾姿勢ですばらしい速さを見せている宗次を、相手は捉えた筈だ。

逃走者と追跡者は、このまま突っ走れば好むと好まざるとにかかわらず刑場小塚原(こづかっぱら)そばに出る。

今から三、四十年前（一六〇〇年代中期）に天領（幕領）となった小塚原だが、それ以前は古岩塚、小岩原などと呼ぶ者もいた。

この刑場ははじめ日本橋本町(ほんちょう)にあったのだが、江戸の町の急速な拡大にともなって移転を繰り返し、小塚原に落ち着いたのだった。

幕府の二大刑場の一つであり、もう一つは品川の大井(おおい)村鈴ヶ森(すずがもり)にある。

ただ、処刑は鈴ヶ森よりも小塚原で行なわれることの方が多かった。

宗次の脚は、全力を出していた。宗次自身ひさしぶりに〝本気〟と判る全力疾走であった。耳のそばで空気がヒュウッと鋭く鳴っていた。

ジリジリとであったが双方の間が縮まり出す。

今度は背丈の低い方の背中が、矢張り立ち止まらずに振り向いた。

月明りを浴びた冬のその表情に大きな驚きが広がったのが判るほど、宗次の目は冴えていた。

二つの背中が少し速度を上げたが、宗次は全く慌てない。

（冬だけでなく、半東竜之介の脚も、ありゃあ忍びだ……）

間違いねえ、と宗次は思った。当たり前の人間が走れる速さではなかった。

宗次は肺の臓にも両脚にも微塵の疲れさえ覚えなかった。まさに絶好調であった。

これが揚真流兵法の容赦ない鍛錬の結果なのだ、と改めて思った。小塚原は、もう然程に遠くはない。

やがて右手斜めの方角に鬱蒼たる森が見え出した。

月明りのもと、気味悪いほど青白く見える大きな森だった。

「火葬寺の森」。

そう呼ばれて、普段は人通わぬ森だ。森の中に処刑者を火葬にする事も少なくない寺社奉行所が建立の寺院がある。

いま逃走者と追跡者が走る一本道は、間もなく小塚原へ直進する道と「火葬寺の森」へ辿る道とに、分岐する。

いったん「火葬寺の森」へ入り込んでしまうと、出口は何処にもない。逃走を続けるには田圃のぬかるみの中へ飛び込むか、〝いま来た道〟を戻るかだ。

宗次が脳裏に思い描いていた、逃走者が身を隠すために選ぶであろう第一の場所は、この「火葬寺の森」だった。地勢に詳しい凶賊なら絶対に避ける「火葬寺の森」だが、逃走者は尾張の忍び二人である。

宗次は、わざと走る速さを落としてみた。

みるみる二つの背中が小さくなってゆく。

（そろそろ右手斜めへ向かって分かれる道がある筈だ……）と宗次が思ったとき、月明りの下を次第に小さくなっていく二人の背中が、はっきりと右手斜めへと入っていった。

「もう逃がさねえ」と、宗次は再び全力疾走に移った。「追う」という意識が胸の内で燃えあがっていた。

しかしその胸の一隅に息衝(いきづ)いているある小さな感情に、宗次は途惑(とまど)い始めてもいた。それは、〈冬には逃げ切ってほしい〉というけしからぬ感情であった。

にもかかわらず、「室邦屋」へ押し込んだ可能性が出てきた女賊の頭(かしら)寄子に対しては「絶対に許せねえ」であった。

この矛盾(むじゅん)する二つの感情が、しかし宗次の全力疾走を弱めることはなかった。

前方の二つの背中が、月明りを浴びて青白い「火葬寺の森」へ入っていくのが確かめられた。

夜の火葬寺には誰もいない。無人である。

通いの僧侶や小僧、火葬作業の者、賄(まかな)いの者、明(あか)り守(も)りらが明け六ツ半頃（午前七時頃）に火葬寺に入り、昼八ツ半頃（午後三時頃）には明り守りだけを残して一日の務めを終え引き揚げてゆく。

明り守りが、本堂を囲むようにして森の中にある三十三の石灯籠(いしどうろう)に明りを点して帰ってゆくのは、暮れ六ツ（午後六時頃）と決まっていた。江戸城の主要物見(ものみ)門(もん)（監視門・見付門とも）が閉じられる刻限である。

宗次は火葬寺の山門の前に着くと立ち止まり、合掌して頭(こうべ)を垂れた。小塚原刑場で処刑された者が火葬されることも少なくない火葬寺であったが、身分の上下を問わず死なば仏であった。

合掌を終えて宗次は一年を通して閉じられることのない山門を潜った。受刑者の遺体が潜ることの多い山門であったが、どっしりとして高さのある立派な入母屋造の二重門だった。黒瓦葺の美しい屋根をのせている。

山門から奥へ向かって幅五、六間の参道が延びているが、宗次はそれを行くのは避けて、右手の小道へと入っていった。

遠まわりだが本堂の裏側に出る。その本堂の前から森の中を少し西へ入ってゆくと受刑者の供養塔（石碑）があり、東へ入ってゆくと火葬場だった。

日本に於ける火葬の歴史は古く、唐の玄奘三蔵に学んだ法相宗の僧・道昭（舒明元年、六二九～文武四年、七〇〇）が、遺言によって火葬となったのが始原と伝えられていることを、宗次は亡父が残した文献（『続日本紀』）などにより学び知っていた（ただ、それ以前にも民間に於いて大坂あたりで火葬が行なわれたらしいことを示す遺跡が近年に入って見つかっている）。

宗次は、十字手裏剣が飛んでくるかも知れないことを警戒しながら、森の中の小道を足音を殺して急いだ。

できれば二人を無傷で捕えて、平造親分に引き渡したかった。

けれども此処まで逃走した二人である。激しく立ち向かってくることを覚悟する必要はあった。

宗次が火葬寺を訪れるのは、これで幾度目であろうか。入母屋造の山門が余りに美しいので寺社奉行所の許諾を得て描きに訪れるのであったが、いざ絵筆を手にするといつも金縛りに遭ったように右手が動かなくなるのだった。

だからこの寺を訪れたときは必ず合掌し頭(こうべ)を垂れることを忘れない。

「そろそろ描かしてくんない……」と謙虚に訴えて。

この火葬寺で血みどろの闘いとなることだけは、なるべく避けたい宗次だった。

火葬寺は無名であったが、谷中(やなか)の名刹(めいさつ)寺院の若手僧侶たちが交代で勤めに通い、月に一度だけは位(くらい)の高い住職による勤めがあった。

したがって寺社奉行所による火葬寺の扱いは、決して寺格の低いものではなく、建物も森も実に手入れが行き届いている。

本堂の裏側に忍び着いた宗次は、地に片膝をついて五感を研ぎ澄ませた。こういう場合、五感のうち味覚は関係なさそうに思えるのだが、宗次にとっては実に重要なものであった。唇の外へ舌の先を小さく出して、空気の〝味〟を確かめるのである。揚真流兵法でいう「味法（みほう）」の一つ〝気味（きあじ）〟であった。とくに潜伏しているくノ一など女を発見する時に用いられる。

ここまでくると、揚真流兵法はもう一流を超えた忍び業（わざ）と言う他ない。が、剣をもってなる宗次が、「味法」に頼ることは殆どないと言えた。父は大剣聖であり、自分もその父の域に早く達したいと願って、一日一日を覚悟して生きてきたからだ。

この時だった。

（いる……間違いない）と、地に片膝ついていた宗次は静かに腰を上げた。

「いるのであろう。判っている。出てこい」

と月下に轟きわたる男の大声があった。その大声のうしろで女がクスクスと嘲ったように笑っている。

べつに驚く様子も見せず、宗次はゆっくりとした足取りで本堂の表側へ回った。追いつ追われつであったのだから、お互い途惑う必要も驚く必要もない。

本堂の前面は、山門から真っ直ぐに延びてくる参道を柄として扇状の広がりとなっていた。

柄から扇状の広がりに入る位置の左右には、石で彫られた等身大の仁王像が凄い形相で睨みを利かせている。

半東竜之介――に違いない男――と冬は、二手に分かれその仁王像にもたれるようにして立っていた。

「それにしても、なんという足の速さ……只者ではなさそう、とは思っていたけれど」

冬がそう言って二、三歩を踏み出した。唇は笑っている。大声を発した筈の男の方は懐手で無表情だ。

その男をほとんど無視して宗次は穏やかに訊ねた。

「ずばり教えてくんねえ。お前は冬なのかえ、それとも女賊『大奥』の頭寄子なのかえ」

「ふふふっ。両方ですよ。両方とも本物」

「なるほど。では、八軒長屋から二百五十両を持ち逃げしやがったのは、冬かえ寄子かえ」

「うーん、どちらかと言えば、寄子でございましょうかねえ。寄子はカネには目がないし、この大江戸では色色と大事な計画もありますから」

と、あっけらかんとした受け答え様だ。

「室邦屋から奪った千利休の茶道具で、質屋から九千両もの大枚を得たんじゃねえのか。それに比べりゃあ二百五十両なんざ鼠の糞ほどにもなるめえ」

「九千両は盗めに就いた仲間皆のもの。つまり組織のカネ。二百五十両は私一人が得たもの。大金ですわよ。そうでございましょ」

「矢張り室邦屋へ押し込んだのは、お前らだったか」

「そう……」

「罪もねえ者を大勢手にかけやがって。畜生働きをしやがったのは女賊かえ。それとも浪人どもかえ」

「俺が配下の浪人どもに命じて殺らせた。文句があるのか」

男が懐手のまま五、六歩、宗次に近付いてフンと小馬鹿にしたように鼻を鳴らす。

だが双方の間はまだ二十間以上も空いていた。

宗次は尚も男を無視し、冬に向かって訊ねた。ゆっくりと間を詰めながら。

「猫長屋で手習塾の塾長勝村勇之助の母多代を演じていたのは冬、お前だったのか。それとも影武者ならぬ影女頭の方だったのか」

「ほほほっ。両方ですよ。私であったり、影女頭であったり……でも影女頭の方が多かったかしら」

「なんてえ女だ。二人でかわるがわる一人の男勝村勇之助と寝床を共にしていやがったのかい」

「おかしい？……べつに構わないでしょ、目的のためなら。それにしても影女頭の存在をよくぞ見破ったこと。誉めてあげますよ」

「冬よ、くノ一の頭でもあるのだろうお前は。それに目的は勝村勇之助、いや半東雄之助の暗殺にあった。そうに違いあるめえ」

「暗殺というほど、大袈裟なものじゃあございませんよ。忍びの組織の大原則を破ったから殺しただけのこと。私の妹を犯して殺し、妹と組んでいたくノ一までも犯して殺し逃走した女狂いの忍びだったのですよ」

「忍び？　あの勝村、いや半東雄之助が女を二人も犯して組織から逃げ出した男忍びだと言うのか」

「そう……くノ一を犯して殺すような男忍びは、最も軽蔑される許せぬ存在」

「共に忍びならばお前とは顔見知りの間柄だったのではなかったのか。つまりお前のことを、犯して殺した女の姉と気付いていながら寝床を共にしていやがったのかえ半東雄之助は」

「気付いてなんかいませんよ。男忍びと女忍びは、組織は全くの別。それに半東雄之助のそばにいる時の私は、あくまで女賊の頭で変装名人の寄子。半東雄之助は気の小さな神経質な男忍びでしたけれども、あれでなかなか腕が立つのですよ。剣術の方は冴えないけれど手裏剣の名手。飛ぶ鳥を落とせるくらい怖いほどの名手ですよ。そいつを殺るのに、あんたは親切に手を貸して下さった。感謝しなくっちゃあなりません」

「正直に答えてくんねえ。冬を演じていたお前は、とても女賊にゃあ見えなかった。女頭寄子は単に演じていただけの姿じゃねえのか。冬が真のお前の姿じゃねえのか」

「………」

「答えてくんねえ、冬」

「相変わらず胸にジンとくることを言って下さいますのねえ。あんたのそばにいた時、あんたの言葉の一つ一つは私の強敵だった。私をぐらつかせたし、私を脅かした。でもねえ、女賊『大奥』も実在の組織なら、くノ一の頭冬も真の姿なのさ。ここまで知ったら、気の毒だけど、あんたは生かしちゃあおけない。悪いわね」

「俺に近付いたのは念入りに計算の上でかえ」

「念入りに計算したのは、猫長屋に近い八軒長屋口で行き倒れを演じれば誰かの部屋に運び込まれるだろう、ということだけ。あんたの部屋に運び込まれたのは、あくまで運命というか偶然というか……おかげで用心深くてスキを全く見せない半東雄之助の日常の動き方がよく判り、雄之助を殺る手筈が、とんとん拍子に運びました。あんたの力強い手助けもあったおかげで」

「なんてえこった……」

「そう……まさしく、なんてえこった、ですわね。ふふふふっ」

「くノ一の頭が、女賊の頭とは、世も末だぜい」

「どうせあんたを殺さなくちゃあならないから全て教えたげる。私は尾張のくノ一でね。仲間は皆、塗炭の苦しみの中で生活しているのですよ。贅沢な暮らしをしているのは尾張徳川家と上級武士だけ。くノ一の組織など辛い務めが多い割には、実質は民百姓以下の手当しか貰えていないのさ」

「民百姓以下……だと？」

「そうですよ。だから尾張のくノ一は、下級藩士の妻となることだけは認められている。男忍びの組織だって塗炭の苦しみは同じようなもの。ただわれらくノ一は、ひとたび藩公の目にとまればたとえ下級藩士の妻となっても夜伽の務めを果たさねばなりません」

「なんと……人妻であるというのにか」

「夜伽は歯ぎしりしつつ耐えようと思えば耐えられる。しかし、くノ一の組織を充実させ、常に業を磨いて能力を向上させ且つ維持させるには、気力だけでは駄目。どうしてもカネが要るのです。だが戦国時代を脱して太平の世となった今、藩公の目は贅沢三昧に向けられ、結果われらの組織はいま崩壊しかかっている」

「それを辛うじて支えているのが、女賊としての荒稼ぎであるというのかえ」

「その通りです。やむを得ない、と思っている」

「お前(めえ)さん、確か一度、身籠った子を流したと言ったね。もしや、それ……」

「言いました。藩公の子など、いりませんから」

思わず「うっ」となった宗次は相手に気付かれぬよう、重い溜息を吐いた。聞くに耐えない冬の話であった。

辛さを振り払うようにして、宗次は視線を男の方へ移した。

相手が懐手を外へ出しつつ先に口を開いた。

「冬の話じゃあ、貴様は浮世絵師の宗次だとか……」

「ああ。それに違いねえが」

「ふん、江戸の浮世絵師というのは、二本差しを気取っているのか。月明りの中でさえ相当な業物(わざもの)と判る大小刀だが」

「知りてえか。大刀は彦四郎貞宗、脇差は雷光国だ」

「なんと……」

「いい目してるね、お前(めえ)さん。欲しけりゃあ、先ず私(あつし)を倒しねえ。その前に半東雄之助と瓜二つのお前(めえ)さんにも一つ二つ訊きてえんだが」

「いいだろう。答えてやろう」

「お前さんは女頭寄子、いや、冬が討ち倒した半東雄之助の二つ年上の兄さんだと冬から聞いたが、それに違いござんせんね」

「間違いない。雄之助は二つ下の実の弟だ。女狂いのひどく出来の悪い弟だが」

「その出来の悪い実の弟が忍びで手裏剣の名手。で、兄であるお前さんは……」

「死に土産に教えてやろう。それとも、すでに冬から粗方聞かされているかな」

「いや、お前さんの詳しい事については殆ど聞かされてはおりやせんよ」

と、宗次は然り気なく逃げた。半東竜之介の口から直接、色色と聞きたいからであった。冬ほどの千変万化な人間から聞かされたことを、再確認する意味でも。

「本来なら、戯れに大小刀を帯びているような浮世絵師ごときに打ち明けても仕方がないのだが……」

と、ここだけは呟くように漏らした半東竜之介であった。

　冬が、すぐさま遮るようにして割り込んだ。

「当たり前の浮世絵師だと思わない方がいいわね。私たち二人が引き離せなかったほど並の走り方じゃなかったんだから。それに名刀彦四郎貞宗や雷光国を備えているのも不自然。幕府で上位の隠密目付かも知れない」

「誰であってもいい。どうせ俺が此処で叩っ斬るんだ」

「叩っ斬って下さってても結構でござんすが、兎に角その前に、ご自身のことについてこの浮世絵師に聞かせて下さいやし」

　宗次は相手との間をかなり詰めつつあった。

　半東竜之介の方はと言えば左手が上がって鯉口に触れたが、まだ力みは見られなかった。

「半東家は極めて微禄ではあったが、尾張の忍び侍の伝統を代代受け継いできた家柄だ。もう一度言うが、極めて微禄ではあったが、忍び侍としては藩では最右翼近くに位置付けされていた」

「ほう……」

「だが、冬が申したように、太平の世に於ける忍びの生活は悲惨に近い。増収も期待できなければ、出世の機会も与えられない。冬の言う通り、甘い汁を吸って栄えるのは尾張徳川家と上級武士だけだ。だからこの半東竜之介は幼少の頃から剣に打ち込み、半東家は弟雄之助に引き継がせることを考えてきた」

「で、そうなりやしたか……」

「うむ、なった。私は剣の腕を認められ、遂に尾張柳生門下に迎えられて厳しい修行を重ね、四天王と言われるまでになってな。実力は筆頭、という者さえいた。しかし、それだけのことでしかなかった。尾張柳生からの見られ方も、扱われ方も、微禄な忍び侍の家系から脱け出る事はなかった。生活はいよいよ苦しく、剣士としての誇りなどはボロボロになっていった」

「そうなると行きつく所は……」

「行きつく所は……」と言いながら、半東竜之介が静かに腰の刀を鞘から滑らせた。

　だが、その五体にはまだ力みは生じていない。

「俺は激しい不満を抱いていた忍び侍数人を誘い込み、そして脱藩した。脱藩したあとになって女賊『大奥』の存在を知り、女頭寄子にこちらから近付いて合流した。寄子の正体が実はくノ一冬であったことは、大きな驚きではあったがな。これが全真相だ……いや、あと一つ付け加えておかねばならぬ」

「あと一つ？」

「冬はいまどうやら身籠っている……儂の子を」

「なにっ」

　宗次は驚いて冬を見た。

　冬が頷いた。真顔であった。

「まだ身籠って月は浅い。だが、これからは穏やかな日日を与えてやらねばならぬ。われらの真相を知ったお前を叩き斬ってな」

「冬……本当か。真だな。嘘じゃあねえな」

　宗次は念を押さずには、おれなかった。

　冬が首を横に振った。真剣そのものの表情であった。

「あれほどの速さで走っても、身籠った体に大事はねえのかえ」

「今ならまだ大丈夫です。でも、間もなく無理がきかぬ月日に入ってゆきます」

「そうかえ……そうだったのかえ。冬に赤ん坊がな」

「本当に竜之介の子か、と疑っているのでしょう。でも半東雄之助つまり勝村勇之助と肌を合わせていたのは、私の影武者ならぬ影女頭のほう。勝村勇之助を倒し終えた今、この江戸に女賊『大奥』の闇の世界を確立し拡大するつもりでいます。徳川とは違ったかたちで、闇の天下を取りたい。九千両を軍資金としてね。そのためには、二刀を腰に帯びた浮世絵師宗次は素姓が怪しくてどうしてもその存在が邪魔」

「そういう事だ宗次。申し訳ないのう」

大刀を提げた半東竜之介が顔つきを変えて、一気に宗次との間を詰めた。

宗次も彦四郎貞宗を鞘から静かに滑らせる。

双方、綺麗な正眼に身構えた。切っ先と切っ先の間は凡そ三尺ばかり。月明りは一層冴えて、地上の全てが青白く染まっていた。

冬は元の位置から動かず二人を見守った。尾張柳生筆頭格の手練半東竜之介の腕を信頼しているのであろう。落ち着いた様子だ。

「少しは刀の使い方を知っているようだな……」

竜之介が呟いた。

宗次の体の内側には今、悲しみが満ちていた。好むと好まざるとにかかわらず、尾張徳川家と自分との間で不気味にうねって消えることのない〝葛藤〟という絆。

と、不意に竜之介が切っ先を下ろして二歩退がった。

「どうもおかしい。浮世絵師宗次とやら、其の方いったい何者だ」

宗次も切っ先を下ろした。

「ただの町人絵師でござんすが」

「そうは見えぬから訊ねておるのだ。われらは全真相を其の方に打ち明けておるではないか。正直に素姓を明かせ」

「ですから、ただの町人絵師でござんすよ」

「刀を構えればその人間の本性が必ず切っ先に表われる。お前の身構えは町人絵師ごときが出来る身構えではないわ。なぜだか儂はいよいよお前を斬りたくなっている。めった斬りにな。だから教えてくれい。浮世絵師の後ろに隠されている真（まこと）の身分素姓を」

「……」

「頼む。頭を下げてもよいぞ。素姓の判らぬ奴をめった斬りするのは、何ともあと味が悪いのでな。この通りだ」

言いながら竜之介は丁重に頭を下げた。ふざけた様子では、無論ない。

宗次は困惑の表情で、夜空の大きな月を仰いだ。そして迷いの溜息が吐いて出る。

短い間を置いて、「いいだろう」と、宗次は力なく答え刀を鞘に納めた。

竜之介も、頷いて刀を鞘に納めた。

二人はこのとき、すでに予感していた。このあとに訪れる激烈にして凄絶（せいぜつ）なる血みどろの闘いを。

「私（わたし）の名は……」

そこで一度切ってから、宗次は尚も迷いの表情のままついに「徳川宗徳（とくがわむねのり）……」と名乗った。

とたん、雲が月を隠して地上の何もかもが大闇に包まれた。

だが、それはほんの一瞬のことであった。

地上には再び青白い月明りが満ち、竜之介と冬の顔を見合わせた驚きの表情が、そのまま残っていた。

宗次は続けた。それまでのべらんめえ調の響きが消えた穏やかな口調だった。

「父の名は、すでに今は亡き従五位下・梁伊対馬守隆房」

「ええっ」

「な、なんと……大剣聖と言われた揚真流兵法の開祖である、あの……」

竜之介と冬の間に、同時に大きな衝撃が走った。

宗次は二人が受けた衝撃を無視して、それから先へと入っていった。

が、口調の物静かさに比べ、二つの目が次第に険しくなりつつあった。

「父とは申しても私はさる事情で預けられた身。つまり対馬守隆房は養父であり、同時に揚真流兵法の師でもあった」

「さる事情と言うのは?……」

「それはこれから述べる。ただ、その真相を知りたる上は、二人ともそれ相応の覚悟が必要と思った方がよい」

「なにいっ」

「ともかく聞かれよ。今より六十五年前の慶長二十年に起きた豊臣一門対徳川の大坂夏の陣で、豊臣一門が滅ぼされたことは誰もが知っていることだが、あのとき大坂城内で自害したとされる秀吉公側室淀殿及び一門の総帥秀頼殿は、実は自害ではなかった」

「どういう意味だ」

「大坂夏の陣が生じる二か月も前、秀頼殿は尾張藩が放った暗殺集団の手によって、密かに殺害されていた」

「そんな……」と甲高い声を出して、仏法護持の神仁王像の前から思わず離れたのは冬であった。月明りを浴びて青白い顔が大きく目を見開いている。

「それだけではない。その暗殺集団の手によって淀殿は尾張へ拉致されていた」

「………」

余りにも驚きが大きいのか、竜之介も冬も声が無い。茫然としている。

「何の目的で淀君を尾張へ？」

と冬が甲高い声で訊ねた。

「大坂夏の陣の二か月前と申せば、豊臣軍が勝つかも知れぬ、という見方が相当強く広まっていたからであろう。徳川軍は不安にかられて思い切った先手を打ったものと思われる。秀頼殿暗殺、淀殿拉致、というな」

「卑劣な……徳川らしいわ」

竜之介が声を濁らせて言い放ち、歯を噛み鳴らす。

「淀殿が尾張藩公の元へ連れて来られたことを知る者は現在となっては極めて少なく、同じことは幕府にとっても言えるようだ。当時の尾張の藩公は、徳川家康公の九男義直様。文武に優れた御方であったらしく、家康公が亡くなられて間もなく、即ち元和二年あたりの御年十五の頃から実質的に藩政の指揮をとっておられた。要するに尾張藩開祖の立場にあられた訳だ。開祖の立場にな」

「それほど有能であられたのか、義直様は」

「能力だけでなく、体格の良さも人柄の良さも抜きん出ていたようだ」

「いま申された事などを事実として証明できるものは？」

「詳しくは申しかねるが、私が……この徳川宗徳が尾張藩の機密文書に直接目を通すことで確かめられた。その機密文書の信頼性だが、非常に高い」

「で、尾張藩へ連れて来られた淀君は如何なった。当時確か御年四十六、七あたりであった筈」

「その御年でも、亡き豊臣秀吉公を捉えて離さなかった瑞瑞しいばかりの若若しさ、美しさ、豊満なる妖しさは息をのむばかりであったらしく、十五歳の義直様はすっかり心を奪われ、淀殿に手を付けなされた」

「真かっ」と、竜之介が叫び、その声は火葬寺の森にこだました。

「真だ。その翌年、淀殿は女児春を生みなされた。大坂夏の陣で豊臣一門の頂点に立つべきであった御方が、徳川の血を濃く引く女児をお生みなされたのだ」

「狂っている。何もかもが……」

「それが戦国の世の当たり前であったのかも知れぬ。で、淀殿の体から生まれてきた春姫様だが、徳川家御用達のさる豪商の元へ養女として〝追放〟され、淀殿は子を奪われた悲しみのあまり自害なされた」

「なんという無謀ぞ。なんという……」

「やがて春姫様は豪商のもとで大層美しく育ちなされ、今より四十八年前の寛永九年十六歳の御年の時、大奥差配春日局様の目にとまることとなり、三代将軍家光様の側室お幸方様として江戸城に入られた」

「すると……すると豊臣秀頼殿の天下を熱く願ってこられた淀君の子春姫様は、側室お幸方としてもしや三代将軍のお子を……」

「お生みなされた。四十六年前の寛永十一年に女児咲をな。この咲姫様は、淀殿の血を受け継ぐ女児、という理由だけで尾張藩江戸上屋敷預け、というかたちでまたしても〝追放〟されることとなり、御付家老つまり筆頭家老神坂家が養育の責任を負わされた」

「なんと尾張藩筆頭家老が養育者に……」

「ここで悲劇がまたしても生じた。わが子咲姫様を奪われた三代将軍家光公の側室お幸方様は悲嘆にくれ、自ら命を絶たれた」

「お気の毒な……お気の毒過ぎます」

と、冬が声を震わせた。

「うむ。でな、尾張藩上屋敷で育った咲姫が十七歳となったとき、即ち三代様（徳川家光）がついに身罷られた今より二十九年前の慶安四年、咲姫に尾張藩二代藩主徳川光友の手が付いた」

「え……徳川光友様は現藩主……まさか」

「その、まさかだ。翌年の承応元年、咲姫は男児を生んだ……それが……この私、徳川宗徳だ」

聞いて半東竜之介は思わず大きく後退った。

宗次は苦し気に付け加えた。

「したがって淀殿は私の曽祖母に当たり、三代将軍徳川家光公は祖父に当たる。徳川光友などは父とは思うておらぬが、しかし私の実の父じゃ。こう申せば、徳川の血を濃く受け継いだ浮世絵師宗次なる者の存在が、将軍徳川家にとっても、尾張徳川家にとっても、いや紀州徳川家にとってさえ如何に目障りかが判ろう。将軍という地位への、お成り順位が、私の動き方次第では狂ってくるのだからのう。それゆえ私ははじめの内、身近に出現せし其の方らを、将軍家か尾張が放った刺客ではないか、と疑うておった」

「教えてください。母君にあたる咲姫様はその後、如何なりましたか」

訊ねる冬が、五、六歩宗次に近付いて、しかし怯えたように立ち止まった。

「母か……母は……咲姫は、生まれて間もなくの私が藩公の意思によって手元から引き離されると深く悲しみ、私の産着を胸に抱きしめ喉を掻き切って一人静かに果てた」

「なんと無惨な……女の私には、子を奪われた母親の絶望感がよく判ります」

「その後の私は、梁伊対馬守に預けられたり、藩江戸上屋敷へ戻されたりしたようだ。おそらく対馬守を父と思わせる準備……慣れさせるためだったのであろう。そして四歳の折り、対馬守に正式に預けられた」

そのあと三人の間に訪れたのは、かなり長い沈黙であった。冬は身じろぎもせずにうなだれて自分の足元を見つめ、さながら月下に打ち捨てられた木彫り人形のような影を地面に映していた。

尾張柳生新陰流の筆頭格と評される凄腕剣客半東竜之介は、ただ宗次を見つめるばかりであった。

宗次はその竜之介の足元に然り気なく視線を注いでいた。剣客の〝激変〟つまり奇襲攻(ぜ)めは先ず左右の足先に徴候(ちょうこう)が出ると心得ている。

「さて……」

どれ程か経って、半東竜之介の短い言葉が沈黙を破り、冬も顔を上げた。月明りの中、冬の顔色は真っ白と言っていい程だった。

「浮世絵師宗次の真相を聞くうち、お前さんを叩き斬って血路を切り開く気分が少しばかり緩(ゆる)みかけたが、矢張り儂と冬は逃げ切らねばならぬ。隠してある九千両のためにもな」

「何処へ隠したのだ九千両は」

「磔獄門(はりつけごくもん)を覚悟して強奪したお宝を処分して得た九千両だ。隠し場所は儂と冬しか知らない。浮世絵師宗次が幸運にも生き残れば九千両の行方は永遠に判るまいよ」

「お前たちの仲間はすでに北町奉行所に捕縛されたか気の荒い盗賊改に斬り捨てられているだろう。私を倒したとしても、この江戸で女賊『大奥』の闇の世界を創り上げることはもはや叶(かな)うまい」

「なあに、此処で浮世絵師宗次を消せば、九千両という軍資金の下へは、悪い奴らは幾らでも集まってくる。倒幕の思想を抱いた浪人、金が欲しくて仕方がない盗賊、大店を乗っ取りたい商賊、闇の組織なんぞ幾らでも創ってみせる」

そう言うと半東竜之介は抜刀し、付け加えて言った。

「大剣聖で揚真流兵法の開祖、梁伊対馬守隆房の教えを受けた浮世絵師宗次を、いや、尾張藩主徳川光友様と淀君の血を受け継いだ徳川宗徳様を堂堂たる対決のもと此処で斬り倒せば、尾張柳生新陰流剣士としての私の名声は、一気に高まろう。新たなる幸運が訪れることになるやも知れぬわ」

「さあて、それはどうかな」

「抜けい宗次、いやさ徳川宗徳。尾張柳生新陰流の髄の髄まで見せてやろう」

「宜しい。見せて戴こう」

「ふふふっ。久し振りに斬り甲斐のある相手に出会うたわ」

「それはなにより……」

宗次が彦四郎貞宗を抜き放つと、竜之介は右脚を深く引いて左膝をくの字に曲げ、刀の切っ先が地面に触れかかるほどに下げ構えた。

「雨垂れ……」と、その口から小声が漏れる。

頷き返した宗次が、僅かに右足を前に出して、彦四郎貞宗を頭上へと持っていき、両腋から下を、がら空きとした。

そのがら空きを狙ったのかどうか、竜之介の足がジリッと前に出て、その足の裏で砂利が微かに音を立てる。

と、宗次の頭上へと上がった彦四郎貞宗が、大上段とはならず竜之介に向かって水平に寝かされ、刃を反転させた。

もし竜之介が頭上より激しく打ち下ろしてきたならば、宗次は自らの刃で頭を割りかねない奇妙な構えだ。しかもである。反転させた彦四郎貞宗の刃は殆ど月代に触れている。

「早くそ奴を斬り倒して……いつ盗賊改が此処を嗅ぎつけるか知れないから」

突如として冬が、女頭の本性を剝き出しにして大声を張り上げた。

だが宗次、竜之介双方の切っ先には、微塵の乱れも生じない。

冬が口に出した盗賊改とは、今より二十五年前の明暦元年（一六五五）十二月十五日に先手組（合戦時、第一線に立つ武官）に対して発せられた「江戸市中巡察命令」を起こりとしている。但し「盗賊改」という名の役所は寛文五年（一六六五）十一月に、旗本・先手頭水野小左衛門守正に対して発せられた「関東強盗追捕命令」を正式起源としていた。つまり水野小左衛門が初代「盗賊改」方の長官である。

寛文五年といえば、四代様（徳川家綱）が二十四歳になられ、江戸市中にゴミ置場が設けられて、「諸宗寺院法度」「諸社禰宜神主法度」など宗教統制が発令された年である。また十二月には越後高田藩に大地震が発生して大きな被害が出てもいる。

町奉行所の役人は文官（役方）だが、冬が恐れる盗賊改は武官（番方）だから何かにつけて荒っぽい。場合によって容赦なく斬りつけるのは、町奉行所よりも盗賊改の方であった。

なぜかというと、「盗賊改」方の本来の警察対象は二本差し（侍）の賊、あるいは治安を乱す不良侍だったからである。丁寧言葉と優しい物腰なんぞで接していたら、逆に斬り殺されかねない相手だ。

「早く……早くやっつけてえっ」

冬がまたしても癇癪(かんしゃく)を破裂させた。それまでの冬からは想像しにくい癇癪であった。

その癇癪に背中を押されるような半東竜之介ではないだろうが、それでも地面に触れかかっていた切っ先だけを静かに上げていく。腰構え、足構え、柄を握る両手の位置・高さは全く変化しない。

まるで、宗次の右肩の上で皓皓と輝いている月を、下から突き刺そうとでもするかのような、不思議な切っ先の上げ方だ。

「尾張柳生新陰流雨垂れ……見えたり」

宗次が呟いた瞬間であった。

竜之介の切っ先が中空を抉(えぐ)るように大きく反回転して、宗次の右膝へ伸びた。空気が悲鳴のような黄色い音を発し、その悲鳴の中を切っ先がまるで稲妻を思わせる速さで、ぐぐーんと伸びる。

宗次の右膝が抉り取られたか、と見えたのと、彦四郎貞宗が唸りを発して振り下ろされたのが殆ど同時であった。

二本の鋼が宗次の右膝の直前で絡まり合い、バチン、ガンガン、チャリンと凄まじい音を響かせ夜気を震わせる。

星粒をまき散らしたように、無数の火花が二人の間に弾けて、まるで一瞬の白夜が訪れた。

その凄まじいばかりの激突に、「大奥」の女頭ともあろうくノ一冬が思わず全身を凍らせ右手でわが口を押さえる。

だが、その時にはもう、二人の剣客は共に二、三歩を飛び退がっていた。

そして再び元の身構え。

冬は余りのことに癇癪を忘れた。

冬には見えていなかったが、竜之介の刀に宗次の頭上より襲いかかったのは、彦四郎貞宗の峰の方であった。それとまともに打ち合った竜之介の刃もまた峰。

双方お互いに、見事に読み合っていた。

と、誘い合うようにして二人の構えが、正眼へと移ってゆく。位高い剣客は、余程でないと同じ身構えでは相手と打ち合わない。

錦絵にでもしたいようなすらりとした美しい正眼の構え姿で、宗次と竜之介はお互いの目を見合った。

月明りの中、竜之介はやや目尻を吊り上げている。

これに対し切れ長で二重の宗次の目は、涼し気であった。けれども炎を噴くかのような眼光の険しさまでは、切れ長な二重の瞼に隠されて窺えない。宗次の眼光は今、獲物を前にした猛虎のそれとなっていた。

二人がジリッと詰め合って、切っ先と切っ先の間が一寸となくなった。

見守る冬は固唾を飲んだ。おなかの子の父親の勝利を願うのは当然であった。

役者絵のように美しく決まっている宗次の構え姿が、憎くもあり恐ろしくもあった。宗次の「いい女」と判った、余りにも気品に満ちて尋常とは思えぬ程の美貌の女幸。あの「夢座敷」の女将幸を激しく悲しませるためにも、宗次には絶対に負けて貰いたかった。全身斬り刻まれ血まみれとなって死ね、と思った。「あの女」も泣きやがれ、と思った。

突然、ドロロロロッと稲妻無き雷鳴が夜空に広がって、竜之介の正眼が浅い下段へと移ろうとした。

その構えの変化が浅い下段の位置に定まったとたん、宗次は地を蹴っていた。

それは、竜之介が〝下段位置の呼吸〟を整えようとする寸前だった。切っ先を移動させると、呼吸は必ず小さくだが乱れる。静止に近い僅かな乱れであったが、宗次の矢のような攻めが、そこを突いた。

が、竜之介は、鮮やかに受けた。

受けたが宗次の彦四郎貞宗は、矢のような唸りを衰えさせない。

小手、小手、肩、肘と閃光の如き切り込みが連続。

攻める鋼と受ける鋼が月下に躍り、猛烈に嚙み合う。

ダン、ダン、チャリン、ダン、ギリンと鋼とは思えぬ凄まじくも異様な轟き。

またしても稲妻無き雷鳴が夜空を覆い、打ち合う二本の鋼から遊離した微(び)粒(りゅう)の欠片(かけら)が、無数の火花と化して二人の顔面を突いた。

それでも尚、彦四郎貞宗は吼(ほ)えた。かつて見せたことのない宗次の攻めであった。

冬は目を見張った。

宗次の刃が、それこそ〝千変万化〟の打ち込みを見せているのが判った。

竜之介の右肘へ吸い込まれるように伸びた宗次の切っ先が、刃をひねるや左膝を斬り払う。

「小打ち……」と呟いて、冬はわなわなと肩を怯えさせた。

その通りであった。刃を深く用いる大打ちではなく、彦四郎貞宗は小打ち、つまり切っ先三寸斬りを目にもとまらぬ速さで連続させていた。

「せいやっ」

最後の打ち込みとしたのか宗次の口から気合が迸（ほとばし）り、竜之介の右上腕部を小打ちして反転した宗次の刃が、ふわりと大きく飛び退がる。

竜之介は、次の防御（ぼうぎょ）に備えて完璧な中段構えをとった。

だが息を乱していた。尾張柳生新陰流の筆頭格がゼイゼイと息を乱していた。

対する宗次は、一糸（いっし）の乱れもなくすらりと直立して美しい下段の構え。

（だ、段違い……段違いだ）と冬の頭の中が真っ白となる。

が、冬の受けた衝撃は、それだけでは済まなかった。

一歩を踏み出そうと力んだ竜之介の体から、血が噴き出したのだ。

それも一か所ではなかった。

両手首をはじめ、両肩、両膝など十か所を超える部位から噴き出す——さほどの勢いではないが——鮮血がたちまち竜之介を血まみれとしていく。

「お、おのれ貴様……」

「剣をふるうに大事な筋を切り抉っておいた。生命には別条ない。だが傷が癒えても二度と剣客へは戻れまい」

「そ、その業……業の名は？」

「揚真流奥傳　夢千鳥」

宗次はひっそりと言い終えて「これで終えよう」と告げ、彦四郎貞宗を鞘へと持っていき、冬に優しい眼差を向けた。

「冬よ……」

「な、なんじゃ」

「元気な子が生まれることを願っている。できれば剣とは無縁の環境で育てよ」

「余計なお世話だ。お前なんぞに言われたくない」

「……そうか」

宗次は小さく頷くと、ちょっと悲しそうな目つきになって二人に背を向けた。

このとき、微かにだが近付いてくるざわつきが、三人の間に漂い出した。

「早く立ち去るがよい」

二人に背を向けてゆっくりと離れてゆく宗次が、言い残した。

半東竜之介は、完璧に決め込んだ中段の構えをまだ解いてない。

眦（まなじり）が吊り上がっている。

「捕縛の必要はない。斬り倒せ。一人も逃がすな」

聞き取れる怒声が、はっきりと火葬寺の森へと忍び込んできた。

竜之介が宗次の背中を追って走り出したのは、この時であった。足音を殺している。

（だめっ……やめて）

冬は反射的に叫んでいた。確かに叫んだ積もりであった。なのに、声になって出なかった。

竜之介の全身から、鮮血が赤い無数の花びらとなって月下に飛び舞った。

一気に追い迫った竜之介が刀を大上段に振りかぶるや、宗次の背に無言のまま斬り下ろす。

（ああ……）と、冬は両手で顔を覆った。けれどもザバッという鈍い音は、はっきりと耳に届いた。

冬は三呼吸ほどを待って、顔を覆う両手を開いた。

宗次が彦四郎貞宗をゆっくりと鞘に納めて、小さな鍔鳴りがした。

斬り下ろしたままの姿勢で立っていた竜之介が、月明りの中を青白い大地へそろりと沈んでゆく。

「鬼っ」

と冬は絶叫した。今度は大声を夜気の中へ拡散できた。

「鬼っ」

冬は、もう一度叫んだ。室邦屋へ押し込んで家人を容赦なく殺戮した集団の構成者であることなど、都合よく忘れ去っていた。

宗次は冬を寂しそうに暫く見つめていたが、やがて再び背を向け火葬寺の森へと足を向けた。

山門に、盗賊改の御用提灯が一つ現われ、それがたちまち数を増やして本堂へ真っすぐに延びる参道へと雪崩込んでくる。

冬はキッとした目で振り向くと、腰の脇差を抜いて切っ先を喉元へと上げていった。

二本の稲妻が西から東の空へと走り、大雷鳴が天地を震わせた。

「鬼いいいっ……」

長い尾を引く冬の最期の絶叫が、その大雷鳴に掻き消された。

（完）

「門田泰明時代劇場」刊行リスト

ひぐらし武士道
『大江戸剣花帳』（上・下）
徳間文庫　平成十六年十月
光文社文庫　平成二十四年十一月
徳間文庫（新装版）　令和二年一月

ぜえろく武士道覚書
『斬りて候』（上・下）
光文社文庫　平成十七年十二月
徳間文庫　令和二年十一月

ぜえろく武士道覚書
『一閃なり』（上）
光文社文庫　平成十九年五月

ぜえろく武士道覚書
『一閃なり』（下）
光文社文庫　平成二十年五月
徳間文庫　令和三年五月
（上・中・下三巻に再編集して刊行）

浮世絵宗次日月抄
『命賭け候』
徳間書店　平成二十年二月
徳間文庫　平成二十一年三月
祥伝社文庫　平成二十七年十一月
（加筆修正等を施し、特別書下ろし作品を収録して『特別改訂版』として刊行）

ぜえろく武士道覚書
『討ちて候』（上・下）
祥伝社文庫　平成二十二年五月
徳間文庫　令和三年七月

浮世絵宗次日月抄
『冗談じゃねえや』
徳間文庫　平成二十二年十一月
光文社文庫　平成二十六年十二月
（加筆修正等を施し、特別書下ろし作品を収録して『特別改訂版』として刊行）
祥伝社文庫　令和三年十二月
（上・下二巻に再編集して『新刻改訂版』として刊行）

浮世絵宗次日月抄
『任せなせえ』　光文社文庫　平成二十三年六月
祥伝社文庫　令和四年二月
（上・下二巻に再編集し、特別書下ろし作品を収録して『新刻改訂版』として刊行）

浮世絵宗次日月抄
『秘剣 双ツ竜』　祥伝社文庫　平成二十四年四月

浮世絵宗次日月抄
『奥傳 夢千鳥』　光文社文庫　平成二十四年六月
祥伝社文庫　令和四年四月
（上・下二巻に再編集して『新刻改訂版』として刊行）

浮世絵宗次日月抄
『半斬ノ蝶』（上）　祥伝社文庫　平成二十五年三月

浮世絵宗次日月抄
『半斬ノ蝶』（下）　祥伝社文庫　平成二十五年十月

浮世絵宗次日月抄
『夢剣 霞ざくら』　光文社文庫　平成二十五年九月

拵屋銀次郎半畳記
『無外流 雷がえし』（上）　徳間文庫　平成二十五年十一月

拵屋銀次郎半畳記
『無外流 雷がえし』（下）　徳間文庫　平成二十六年三月

浮世絵宗次日月抄
『汝 薫るが如し』　光文社文庫　平成二十六年十二月
（特別書下ろし作品を収録）

浮世絵宗次日月抄
『皇帝の剣』（上・下）　祥伝社文庫　平成二十七年十一月
（特別書下ろし作品を収録）

拵屋銀次郎半畳記
『俠客』（一）　徳間文庫　平成二十九年一月

浮世絵宗次日月抄
『天華の剣』（上・下）　光文社文庫　平成二十九年二月

拵屋銀次郎半畳記
『俠客』（二）　徳間文庫　平成二十九年六月

拵屋銀次郎半畳記
『俠客』（三）　徳間文庫　平成三十年一月

浮世絵宗次日月抄
『汝よさらば』（一）　祥伝社文庫　平成三十年三月

拵屋銀次郎半畳記
『俠客』（四）　徳間文庫　平成三十年八月

浮世絵宗次日月抄
『汝よさらば』（二）　祥伝社文庫　平成三十一年三月

拵屋銀次郎半畳記
『俠客』（五）　徳間文庫　令和元年五月

浮世絵宗次日月抄
『汝よさらば』（三）　祥伝社文庫　令和元年十月

『黄昏坂七人斬り』　徳間文庫　令和二年五月

拵屋銀次郎半畳記
『汝　想いて斬』（一）　徳間文庫　令和二年七月

浮世絵宗次日月抄
『汝よさらば』（四）　祥伝社文庫　令和二年九月

拵屋銀次郎半畳記
『汝　想いて斬』（二）　徳間文庫　令和三年三月

浮世絵宗次日月抄
『汝よさらば』（五）　祥伝社文庫　令和三年八月

拵屋銀次郎半畳記
『汝　想いて斬』（三）　徳間文庫　令和四年三月

本書は平成二十四年に光文社より刊行された『奥傳　夢千鳥　浮世絵宗次日月抄』を上・下二巻に再編集し、著者が刊行に際し加筆修正したものです。

一〇〇字書評

切・り・取・り・線

購買動機（新聞、雑誌名を記入するか、あるいは○をつけてください）

□（　　　　　）の広告を見て	
□（　　　　　）の書評を見て	
□ 知人のすすめで	□ タイトルに惹かれて
□ カバーが良かったから	□ 内容が面白そうだから
□ 好きな作家だから	□ 好きな分野の本だから

・最近、最も感銘を受けた作品名をお書き下さい

・あなたのお好きな作家名をお書き下さい

・その他、ご要望がありましたらお書き下さい

住所	〒				
氏名		職業		年齢	
Eメール	※携帯には配信できません		新刊情報等のメール配信を 希望する・しない		

この本の感想を、編集部までお寄せいただけたらありがたく存じます。今後の企画の参考にさせていただきます。Eメールでも結構です。

いただいた「一〇〇字書評」は、新聞・雑誌等に紹介させていただくことがあります。その場合はお礼として特製図書カードを差し上げます。

前ページの原稿用紙に書評をお書きの上、切り取り、左記までお送り下さい。宛先の住所は不要です。

なお、ご記入いただいたお名前、ご住所等は、書評紹介の事前了解、謝礼のお届けのためだけに利用し、そのほかの目的のために利用することはありません。

〒一〇一 - 八七〇一
祥伝社文庫編集長　清水寿明
電話　〇三（三二六五）二〇八〇

祥伝社ホームページの「ブックレビュー」からも、書き込めます。

www.shodensha.co.jp/bookreview

祥伝社文庫

奥傳 夢千鳥（下） 新刻改訂版 浮世絵宗次日月抄

令和 4 年 4 月 20 日　初版第 1 刷発行

著　者　門田泰明

発行者　辻　浩明

発行所　祥伝社
東京都千代田区神田神保町 3-3
〒 101-8701
電話　03（3265）2081（販売部）
電話　03（3265）2080（編集部）
電話　03（3265）3622（業務部）
www.shodensha.co.jp

印刷所　萩原印刷
製本所　積信堂
カバーフォーマットデザイン　かとうみつひこ

 ISBN978-4-396-34806-9 C0193